S.E. HALL

Suportar

Traduzido por Ana Beatriz Lopes

1ª Edição

2024

Direção Editorial:	**Revisão Final:**
Anastacia Cabo	Equipe The Gift Box
Tradução:	**Arte de capa:**
Ana Beatriz Lopes	Bianca Santana
Preparação de texto:	**Diagramação:**
Marta Fagundes	Carol Dias

Copyright © S.E. Hall, 2015
Copyright © The Gift Box, 2024

Todos os direitos reservados.
Nenhuma parte do conteúdo desse livro poderá ser reproduzida em qualquer meio ou forma – impresso, digital, áudio ou visual – sem a expressa autorização da editora sob penas criminais e ações civis.
Esta é uma obra de ficção. Nomes, personagens, lugares e acontecimentos descritos são produtos da imaginação da autora. Qualquer semelhança com nomes, datas ou acontecimentos reais é mera coincidência.

Este livro segue as regras da Nova Ortografia da Língua Portuguesa.

CIP-BRASIL. CATALOGAÇÃO NA PUBLICAÇÃO
SINDICATO NACIONAL DOS EDITORES DE LIVROS, RJ
Gabriela Faray Ferreira Lopes - Bibliotecária - CRB-7/6643

H184s

Hall, S. E.
  Suportar / S. E. Hall ; tradução Ana Beatriz Almeida. - 1. ed. - Rio de Janeiro : The Gift Box, 2024.
  220 p.   (Envolver ; 5)

  Tradução de: Endure
  ISBN 978-65-5636-326-4

  1. Romance americano. I. Almeida, Ana Beatriz. II. Título. III. Série.

24-88648   CDD: 813
                CDU: 82-31(73)

Dedicatória
"Se você chegar a escrever o último livro, ele deveria se chamar Suportar. E será que dá para criar a personagem de uma avozinha fofa?"
Feito, mamãe. Feito.
Beijo,
Stephie

PRÓLOGO

— Aceito. — A doce promessa passa por seus lábios trêmulos, mal reprimindo as lágrimas nublando os grandes olhos castanhos.

— Eu também aceito — ele imediatamente respondeu, um sorriso adorável, pertencente somente a ela, estampado em seu rosto.

E posso ter sido o único a perceber, mas, definitivamente, houve um relaxamento sutil em seus ombros, me dizendo que ele também soltou um suspiro silencioso de alívio.

Talvez esse seja o verdadeiro motivo para eles terem invertido a ordem, onde a noiva diz o "eu aceito" primeiro – ele estava preocupado que ela mudasse de ideia no último minuto – e não a cavalheiresca desculpa que nos foi dada: "damas primeiro".

Eu me divertiria com seu desconforto... se não soubesse exatamente como ele se sentia.

— Filho — o pregador falha em esconder seu próprio divertimento, assim como a multidão, quando risos baixos ressoam pelo local da cerimônia —, não é a sua vez ainda.

— Com todo o respeito, senhor, agora funciona para mim muito bem. Se ela aceita, eu aceito também, seja o que for. Simples assim. Vou beijá-la agora. — Ele faz menção de se inclinar para reivindicar sua boca, mas é impedido pela mão em seu ombro.

— Nós também ainda não estamos nessa parte. Ainda há a troca de alianças e o meu pronunciamento. — O homem de túnica enrubesce conforme tenta retardar o anseio do noivo. Enquanto isso, todas as mulheres suspiram apaixonadamente.

— Melhor acelerar então, Vossa Santidade. Estou ansioso para beijar minha esposa!

Seu entusiasmo é tão divertido quanto reconhecível. Não há sensação no mundo que se compare – a impaciência para começar o resto da sua vida com aquela pessoa – à única mulher do mundo capaz de te transformar em um tolo desajeitado, não importa quem esteja observando. A necessidade de tocá-la é tão grande, que você inicia uma discussão, *com um homem de Deus*, não importa quem esteja escutando.

Ele a ama. Sem razão ou restrição.

Descaradamente.

E ao observar esse pobre e lamentável jovem tatear seu caminho pelo resto das formalidades, uma calma agridoce recai sobre mim.

Tanto ela quanto esse casamento se sairão muito bem. Não, melhor que bem… serão prósperos.

Agora ela será dele, e ele dela… e então, outro capítulo se inicia.

CAPÍTULO 1

ENTRETENIMENTO A BORDO

Dane

— Você acha que consegue manter a mulher distraída por tempo o suficiente para que eu possa bater naquele merdinha e tirá-lo daqui?

Não há muita coisa que eu não faria por Sawyer Beckett. Exceto aquilo. Eu não somente *não* o ajudarei com esse plano completamente despreparado e desnecessário, como também não poderia mesmo se quisesse. Não há uma tática de distração boa o suficiente que possa ser inventada para impedir que nossas mulheres, ou qualquer um nos arredores, incluindo os inúmeros seguranças, o vejam gritando com alguém no meio do aeroporto. E estou certo de que mudaria o anúncio do já gravado protocolo "Código laranja" que está sendo anunciado nesse instante para... uma cor completamente diferente.

Beckett precisa praticar o que prega e "se acalmar," pelo menos até esse casamento passar. Se ele estragar isso para ela de qualquer forma, eu o matarei com as minhas próprias mãos.

— Qual é o seu problema com Ryder, exatamente? — pergunto a ele.

Sawyer rosna, contorcendo seu pescoço e estalando os dedos.

— O desgraçado de olhos pequenos fica me encarando, todo engraçadinho e tudo mais.

Não, ele não fica. Mas, com o intuito de limitar meu tempo e energia a uma língua na qual Sawyer é fluente, substituo minha resposta por um soco bem dado.

— Se *você* parar de encará-lo, não saberá o que quer que ele esteja, ou não, olhando. Então, que tal você parar com essa obsessão por esse seu novo crush e ir atrás da Emmett? Tenho certeza de que ela precisa da sua ajuda com alguma coisa — sugiro e aponto na direção em que as garotas perambulavam.

— *Crush* — ele resmunga. — Vá se foder, Kendrick.

Quando todo o resto falha, coloque a masculinidade de Sawyer em jogo – sempre funciona.

— E como é que *você* é o tranquilo da situação? — ele pergunta.

— Eu sempre sou o tranquilo. — Sorrio, com uma contração na pálpebra, recusando-me a reconhecer a gota de suor deslizando pela nuca. — E eu fodo com frequência e muito bem. Mas obrigado pela preocupação. Vamos. — Eu me levanto. — Eu vou com você.

Felizmente, Sawyer encontra Emmett em pouco tempo, e posso, por fim, deixar o moleque sob sua custódia. Não consigo sentir muita pena dela, já que ela se dispôs a esse trabalho voluntariamente.

Por mais divertido que seja assistir Emmett usar suas artimanhas femininas para acalmá-lo – o feitiço que de alguma forma ela lança sobre ele ainda me surpreende todas as vezes –, minha Laney não está com ela, então os deixo a sós para continuar à procura da minha própria tigresa.

Não levo muito tempo e avisto sua bunda perfeita e seu cabelo dourado caindo pelas costas na próxima loja em que faço uma varredura.

Ela sabe que estou lá antes mesmo de eu falar, suas costas se endireitam e a postura muda ligeiramente; a corrente tangível no ar que sinto toda vez em que ela se aproxima é uma sensação compartilhada.

— Amor. — Eu me aproximo dela por trás e enlaço sua cintura, esgueirando meu rosto pelo seu cabelo até o meu lugar favorito: a curva de seu pescoço. — Daqui a pouco é hora de embarcar, é melhor você acelerar aí.

— É um voo longo. Eu preciso de coisas — ela bufa.

Não é um voo longo; são menos de três horas na verdade, mas eu não a corrijo.

Em vez disso, dou uma risada enquanto observo sua pilha montanhosa no caixa – revistas, doces, salgadinhos, suco, chiclete, duas almofadas de pescoço e um livro de romance.

— Percebi. Acredito que você tem tudo sob controle.

— Não me venha com essa, Homem das cavernas. — Ela impulsiona o cotovelo para trás, seu movimento característico para o qual sempre estou pronto e facilmente me desvio. — Eu estou nervosa.

— Relaxa, vai dar tudo certo. — Deposito um beijo em seu pescoço. — Deixe-me pagar pelas suas compras, depois devemos nos apressar.

Ela resmunga, dispensando minha garantia de que tudo está sob controle.

— Onde estão os meus pais? Por favor, me diga que você não os deixou perambulando pelo aeroporto sozinhos?

Jeff e Trish estão no nosso voo comercial hoje, porque Jeff Walker não precisa da "caridade chiquérrima" de um avião particular. Palavras dele, não minhas. E Laney e eu estamos aqui porque ela fez questão de viajar com os pais dela.

Nós já estaríamos lá se o homem não fosse tão teimoso quanto a filha.

Mas aprendi a escolher minhas batalhas, e essa não era uma que eu tinha sequer a chance de vencer – por isso, estou mantendo a calma, rezando secretamente para que consigamos chegar na Jamaica antes da Laney surtar... ou Sawyer aterrorizar todo o aeroporto.

Bons tempos.

— Ei — coloco as mãos em seus quadris e a viro para me encarar —, em primeiro lugar, seus pais não são caducos. Tampouco, pelo que eu sei, eles são ciganos. Então, não estou muito preocupado com eles perambulando por regiões inexploradas... do aeroporto. E o remédio da sua mãe fez efeito, logo, ela está cochilando, na poltrona ao lado da de seu pai. Os dois estão bem. Agora fique tranquila e me beije. Melhor que seja um beijo dos bons também.

— E por que eu faria isso? — Ela inclina a cabeça para o lado, com sua pergunta cínica.

— Para me convencer de que você está arrependida por ter sido uma moça insolente hoje. — Dou uma piscadela.

Ela entrecerra o olhar ao tentar sair do meu agarre.

— Beije logo — ela dispara, mas eu simplesmente rio e agarro sua, *minha*, boca, porque suas birrinhas não fazem nada além de me excitar mais. Eu giro seu colar da Disney com o pingente em "D", que ela nunca tira, entre meus dedos enquanto a beijo até se acalmar, e quando ela está relaxada em meus braços e a garota do caixa pigarreia, me afasto.

Não mais desafiador, seu olhar agora é latente, seus olhos em um tom castanho ainda mais claro, (o verde neles é sempre ressaltado quando ela fica excitada) e sua respiração desacelerou. Missão cumprida, acaricio sua bunda e a viro na direção de seus pais, sugerindo gentilmente que ela vá ver como eles estão por si mesma enquanto pago suas compras.

— Okay — ela murmura. — Te amo, e me desculpe. Eu só estou...

— Nervosa, eu sei, amor. Mas eu tenho tudo sob controle, *nós* temos, okay?

Suportar

Ela assente e finalmente me lança um sorriso verdadeiro, se afastando.

Sim, eu me viro e observo sua bunda requebrando enquanto ela sai. Nunca me canso disso.

Sabe quando aquele constante e distorcido zumbido aéreo se torna ensurdecedor durante o voo? De forma que, mesmo que a pessoa, digamos, na poltrona 2A queira conversar com seu vizinho na 2B, eles precisam elevar suas vozes ou se inclinar para ouvir o que estão dizendo?

Imagine então, se quiser, o volume que Sawyer Beckett precisaria empregar para berrar da última fileira da primeira classe para me perguntar, o verdadeiro ocupante da 2A, alguma coisa.

— Isso é tudo sua culpa, Kendrick! Até mesmo esse fedelho que eu vou matar concorda comigo! Não é, Ryder? E não pense que eu não notei que o nome dele soa como *RIDE HER!* — Sawyer grita, como se nós fôssemos os únicos no avião.

Nem preciso me virar para saber que o rosto corado de Emmett está franzido de vergonha e todos os que estão sentados perto dele estão se perguntando, com medo da resposta, se a equipe de segurança do aeroporto o checou cuidadosamente à procura de armas escondidas... tendo em vista que ele está claramente exibindo algumas tendências insanas.

E não sei exatamente qual é a "minha culpa" – não que eu vá gritar de volta para perguntar. Laney estica a mão para chamar a aeromoça, que, infelizmente, em sua ignorância, escolhe esse exato momento para passar por nós.

— Vocês ainda estão servindo álcool para aquele lunático gigante? — Laney a questiona, incisivamente.

A atendente oferece um sorriso tímido e dá de ombros.

— Não, senhorita. A moça que está com ele já me passou um recado proibindo de servi-lo. Mas acredito que ele esteja coagindo o jovem assustado sentado na frente dele a pedir e depois roubando as bebidas dele.

— Okaaay — Laney prolonga a palavra. — Só uma ideia. — Ela ergue um dedo, e depois o usa para tocar seu queixo da forma mais condescendente possível, como se dissesse "eu tenho uma sugestão cortês". — Que tal nós também pararmos de servi-lo? Parece um bom plano?

Se realmente tentar, você pode ser capaz de detectar um pingo de sarcasmo na pergunta dela.

— E o homem loiro na frente dele, também está participando da conspiração? — a aeromoça pergunta, reprimindo um sorriso, e se referindo a Zach... que deve estar aproveitando o show, porque não há a menor possibilidade de Sawyer o ameaçar a entregar sua bebida contra sua vontade.

— Ah, pelo amor... — Laney desafivela seu cinto e se levanta, quase empurrando a mulher uniformizada conforme começa a caminhar pelo corredor, pisando duro.

— Senhorita, a luz de manter os cintos afivelados está acesa! — a comissária, agora alarmada, chama a atenção dela.

Laney estaca em seus passos, se vira e encara a pobre mulher.

— Parece que todos nós estamos fazendo escolhas ruins hoje. Estou disposta a correr os riscos. — E lá vai ela de novo.

Eu a deixo ir, porque, primeiro: eu concordo, eles estão fora de controle lá atrás onde está virando rapidamente uma seção de arruaceiros e Emmett simplesmente não possui o que é preciso para acalmá-los quando eles estão nesse nível, e segundo: eles têm muito mais medo da Laney do que de mim.

Repouso a cabeça no encosto da poltrona e fecho os olhos, relembrando a última vez em que Laney deu uma bela lição em Sawyer Beckett. Claro, eles trocam alfinetadas como se fosse um esporte olímpico sempre que iniciam uma conversa, mas, às vezes, é especialmente divertido. Faz um tempo que um acontecimento tão épico como o que está prestes a ocorrer se passou, mas a lembrança de um dos meus momentos favoritos é tão vívida como no dia em que ocorreu.

— *Me entregue a Presley agora, Sawyer. Você vai deixá-la tonta! Ela é um bebê, não uma bola mágica de sinuca!*

— *Eu sei como acalmar minha própria filha, mulher!*

— *Nitidamente! Ela está chorando mais agora do que quando a gente entrou! Se você a virar, um pequeno triângulo surgiria na bunda dela dizendo "não parece bom, tente outra vez mais tarde". Dane, diga a ele que a Presley precisa de sua tia Gidget!*

— *Daney, vire homem, se é que isso é possível, e relembre sua patroa aqui que eu não lido bem com ela criticando minha paternidade!*

Suportar

— Já chega, vou ligar pra Emmett! — Laney sequer tirou o celular da bolsa e Sawyer já estava cedendo.

— Não. Ligue. Para. Emmy. — Sawyer entregou Presley, a pessoinha favorita de Laney no mundo todo, então, o bebê adormeceu rapidamente no ombro dela em questão de segundos.

— Viu? — Laney sussurrou, abruptamente. — Seria muito melhor para você se começasse a me escutar no segundo em que eu começo a falar, Saw. A Presley gosta mais de mim, todo mundo sabe disso. Mas certifique-se de contar para Whitley sobre isso, só caso ela tenha esquecido.

— Porra, você...

— Sawyer! — Laney o repreendeu com um sibilo, cobrindo o ouvido de Presley com uma mão. — Você soletra P-O-R-R-A ou não diz nada! Eu não permitirei que minha sobrinha cresça com uma boca suja como a sua! Agora pare de falar ou vai acordá-la. Sem mencionar estragar as chances de ela entrar para qualquer escola primária que não seja gerida por marinheiros!

— Que tal "bomba P?" — ele sugeriu, sua expressão revelando que ele realmente acreditava que havia acabado de propor uma alternativa brilhante.

— Bombas? Você quer mencionar bombas para o bebê? Ótima ideia, e depois vamos nos certificar de tratar de armas, gangues e dos Illuminati! — Exasperada, Laney revirou os olhos e balançou a cabeça em descrença. — Por favor, me diga que não é você quem lê as historinhas para ela dormir. Dane, tô falando sério, faça alguma coisa.

Não fiz nada; mas fiquei de fora e assisti, tentando não gargalhar para não acordar a Presley.

Meu Deus, eu amo minha Laney.

A tal mulher retorna para seu assento ao meu lado enquanto a memória desaparece, e se senta bufando, irritada.

— Colocou eles na linha, patroa? — pergunto, contendo a risada.

— Sim, dei um jeito neles. Não sei o que eles têm hoje. Como se fossem eles quem deveriam estar ansiosos.

— Eles não estão ansiosos, estão indo para o paraíso, é como férias para todos. Apenas começando mais cedo — explico.

— Bom, se tivermos sorte, eles vão apagar assim que pousarmos como consequência pelo seu início precoce de bebedeira.

— Amor. — Agora rio à vontade. — Não há nada forte o suficiente nesse avião para derrubá-los. É preciso mais do que algumas horas e todo o álcool para apagar homens do tamanho deles.

— Deveria tê-los servido um Mickey[1] — ela resmunga, cruzando os braços.

— Você nem sabe o que isso significa, bandida. Por que você não lê aquele livro que comprou? Você os colocou na linha, então eles não vão agir com malcriação.

— Okay. — Ela suspira, seus ombros relaxam ligeiramente. — Falta quanto tempo para chegarmos lá?

— Não pergunte, apenas leia seu livro.

---

[1] Gíria para qualquer sonífero usado em uma bebida para drogar alguém.

CAPÍTULO 2

CONTROLE DE TRIPULAÇÃO

Laney

Essa não é a nossa primeira viagem, nem o primeiro casamento, em grupo, então o porquê de certas pessoas estarem agindo como se fosse sua primeira experiência fora de suas jaulas, eu não sei explicar. Um homem cego poderia ver que já estou no meu limite... Eles sabem muito bem que não deveriam me testar.

Mas essa é a minha *Galera*. Um aglomerado de pessoas doidas e imaturas que são mais do que apenas meus amigos; são minha família – *nós somos uma família*. Aqueles que são capazes de fazer um ao outro rir ou chorar mais, as pessoas para quem você nunca vai precisar perguntar se pode ou não contar com elas.

Com o passar dos anos, nós perdemos, e ganhamos, alguns membros. Alguns por escolha, outros por destino. A vida tentou inúmeras vezes fragmentar nossa fundação, derrubar nossa fortificação – e falhou. Nossa fé em Deus, em nós mesmos, e uns nos outros foi testada além da conta, diversas vezes... mas no final, a Galera salva a embarcação. Todas. As. Vezes. E nós passamos pela tempestade.

Nosso navio pode ter rachaduras, rasgos em sua vela, e algumas vezes pode até entrar um pouquinho d'água... mas, ainda assim, corta através das ondas com autoridade.

Inafundável.

A enorme dose de lealdade e camaradagem que, ocasionalmente, vem com períodos de caos e desordem, vale muito a pena. Recordar sempre disso é a única coisa que me impede de enfiar um pouco de juízo na cabeça daqueles patetas lá atrás. Meu pé precisa dar um pontapé nas bundas deles tanto quanto eu necessito de um calmante.

— Campeã — meu pai, que ainda me chama de Campeã (apelido que ainda amo), se inclina para falar comigo do outro lado do corredor, não mais enganado achando que estou realmente lendo esse maldito livro e contemplando silenciosamente a Astrofísica. — Você falou com o Brynn sobre o que eu disse?

Traga uma dose dupla daquele calmante, já.

— Não, pai. — Inclino a cabeça na sua direção para revirar os olhos, bem a tempo de ver Dane em sua tentativa meia-boca de disfarçar seu sorrisinho.

Somente *meu* pai poderia, de alguma forma, achar que agora é um bom momento para discutir, e com discutir eu quero dizer ele dando uma crítica completa, a respeito de uma das minhas arremessadoras.

Não há nada de errado com *nenhuma* das minhas arremessadoras, muito menos Brynn. Ela é uma atleta incrível, com um talento natural dado por Deus que é uma verdadeira honra assistir, e meu pai sabe. Ele apenas… bom, ele apenas é como é quando se trata de *softball*. Nunca vai mudar. Tudo bem por mim – não o mudaria por nada.

A não ser agora, nesse voo dos infernos, quando já estou no meu limite… e certamente sem paciência para analisar a técnica de Brynn.

— A bola está vindo antes que ela encoste o pé no chão. — *Talvez uma vez a cada vinte arremessos; Deus me livre que ela não seja perfeita.* — Você pensaria que ela aprendeu a rebater na categoria sub-10. — Meu pai balança a cabeça e estala a língua. — Acho que não. Um pouco do meu treinamento poderia ter impedido esse problema muito tempo atrás.

Quando não o respondo imediatamente, ele se inclina para trás em sua cadeira, permitindo que eu me volte para Dane.

— Olá? Fique à vontade para intervir a qualquer momento!

— Corrigir seu pai quando o assunto é *softball*? Hmm, eu passo. — Ele pisca e beija a pontinha do meu nariz. — Seu pai, seu time, seu esporte.

Pode apostar que é meu time.

Após me formar na universidade Georgia Southern, com meu diploma em Cinesiologia, com especialização em História, pediram-me para permanecer na universidade como uma das auxiliares técnicas do time de *softball*. Então, eu aceitei. E trabalhei com as jovens garotas que foram lapidadas como diamantes até se tornarem máquinas atléticas, enquanto esperava... até o momento em que me tornei a treinadora principal.

— Talvez o problema da Brynn seja o comunista grisalho gritando com ela, da cerca, a cada arremesso? — insinuei, em um rosnado baixo.

— Talvez. — Dane ri. — Você devia dizer isso a ele. Não se esqueça de me contar o resultado dessa afronta.

— Tá. Fique aí calado então, mas você não vai se dar bem durante toda a viagem. — Ergo a sobrancelha enquanto sussurro o golpe fatal.

Ele se inclina na minha direção, seu hálito quente atingindo minha orelha, em seguida, esfrega minha perna lentamente, subindo até o alto das minhas coxas a cada deslizada.

— Nós dois sabemos que isso não é verdade, amor. Precisa que eu prove? Eu ficaria mais do que feliz em continuar falando, fazer essas suas pernas se esfregarem ainda mais rápido, essa sua bela bundinha contraindo em seu assento, bem na frente do seu pai. É disso que você precisa? — ele murmura, com a voz rouca e provocante, seus lábios insinuando tocar minha pele quente. — Se você acha que consegue esconder sua reação, estou certo de que consigo esconder o que os meus dedos estão fazendo com você. Quer testar?

— Eu te odeio algumas vezes — murmuro, entredentes, forçando minhas coxas e bunda a permanecerem o mais imóveis possível e acalmando o desejo na minha voz.

— Mas você ama o que apenas *eu* consigo fazer com o seu corpo o tempo *todo*. Agora vire-se e termine sua conversa, se não estiver muito excitada para se concentrar. Ah, e olha. — Ele espreita por cima do meu ombro. — Sua mãe está acordada. Agora vai ser uma verdadeira festa.

Olho para trás e é verdade, minha mãe está acordada, com os olhos brilhando de euforia. Meus pais agora são... hmmm, melhores amigos? Uma companhia um para o outro? Não tenho certeza, e não preciso de um rótulo para isso, estou apenas feliz por eles se darem tão bem e eu poder convidar ambos para as coisas.

Ainda há alguns dias em que mamãe não sabe quem é quem, mas são episódios mais raros e mais distantes um do outro desde que Dane conseguiu o melhor médico existente para ela. Eu agradeço a Deus, e ao Dane, todos os dias em que eu a tenho de volta em minha vida, para ficar. Estou certa de que meu pai é grato também — especialmente desde o término de seu relacionamento com a Rosemary, que ocorreu há um bom tempo.

Tudo bem, por mim. Claro, Rosemary era legal até, mas ela tinha aquele *único pelo* saindo de uma *verruga solitária* no queixo dela... Estou falando sério, como *não* ver aquilo? Todo mundo nota! Pegue a pinça, um belo puxão, pronto! Aquela coisa me levou à loucura.

Todo mundo tinha que ter pelo menos uma pessoa em sua vida com a coragem para lhe contar "não, senhora, isso não é aceitável". Um amigo que vê uma meleca em seu nariz, ou sabe muito bem que a calça que você está usando já estava muito apertada cinco anos atrás, sem dizer nada?

Não é amigo algum.

De qualquer forma, acabei me desviando do assunto.

— Bom dia, mãe — cantarolo, tonta e me preparando para a estratégia de equipe que planejei e que meu pai não faz nem ideia. *Outro benefício dos meus pais passarem tanto tempo juntos, a estratégia "dois contra um" que uso com frequência.* — Estou feliz por você estar acordada. O papai aqui estava acabando de me dizer tudo o que tem de errado com os arremessos da Brynn. Alguma opinião acerca do assunto? — pergunto, infundida com uma quantidade quase sufocante de inocência.

— Pura maldade — Dane murmura no meu ouvido, e recebe um lembrete amigável de que ele foi descartado dessa conversa, em forma de uma cotovelada em suas costelas. *Não se esquivou dessa agora, né?*

— Jefferson Walker! — Minha mãe engole a isca que joguei inteirinha de uma vez, gritando em um volume que excede minhas expectativas. — O que exatamente você tem a dizer? Estou acordada e escutando agora, então, por favor, me atualize.

— Trish. — O olhar assassino do meu pai me fuzila, e depois ele passa uma mão em seu rosto. — Você não sabe absolutamente nada sobre arremessos, e eu fiz um comentário. Sua filha que não consegue lidar com uma singela crítica.

Na mosca! Quando mamãe está lúcida, ela é bastante afiada, e papai secretamente ama a interação. Então, tenho que manter meus pais ocupados por um tempo. Sorrio para mim mesma e pego meu *notebook*; hora de capitalizar essa onda de adrenalina e trabalhar no meu próximo discurso.

Estou mais do que certa de que Whitley tem algum método próprio de atração de holofotes planejado, muito provavelmente na forma de música (insira aqui uma revirada de olhos) e eu me recuso a ser ofuscada.

Amo muito a Whitley, e ela pode saber mais do que eu sobre coisas superimportantes como qual garfo usar em que ocasião ou o risco potencialmente fatal de se usar preto e marrom ao mesmo tempo, mas, palavras? As certas, na hora certa, da maneira certa?

Isso é comigo.

— Neste momento, pedimos que, por favor, desligue seus aparelhos eletrônicos, certifique-se de que os itens de mão estejam alocados seguramente debaixo do assento à sua frente e seu cinto de segurança afivelado, conforme nos preparamos para nossa aterrissagem na Jamaica. O horário local é 16h, com a temperatura atual de 27 graus. Obrigado por voar conosco hoje e tenha uma boa estadia.

É isso. Um passo mais perto do evento transformador de vida.

— Está pronta para isso? — Dane me pergunta, com uma confiante inclinação em seus lábios exuberantes, silenciosamente me dizendo, como sempre, que tudo ficará bem.

E o que não ficar; ele dará um jeito.

— Sim. — Encontro sua mão e a aperto, fingindo um sorriso, na esperança de tranquilizá-lo, o que ele, sem dúvidas, perceberá. — Eu estou bem.

Mesmo se eu não estiver, ele está.

Onde eu deixar a desejar, ele me dará suporte. Então, quer eu esteja realmente pronta ou não, pouco importa, porque Dane Kendrick sempre irá assumir onde eu falhar. E nisso, eu adquiro uma força que não é inteiramente minha.

CAPÍTULO 3

NÃO HÁ ONDE SE ESCONDER

Dane

Apenas um fato, e bem possível que seja um pesadelo recorrente para qualquer pessoa de fora que testemunhou um acontecimento, mas qualquer atividade da "galera" é uma garantia automática de algum tipo de espetáculo — com frequência antes mesmo de estar totalmente em andamento. E é por isso que eu ficaria chocado se Whitley não estivesse do lado de fora, gritando e agitando os braços descontroladamente, tentando passar pelos guardas alfandegários armados. Bela recompensa por esperar *dentro* do aeroporto. Ou a aplicação das regras da Administração Federal de Aviação, das quais estou certo de que ela está infringindo pelo menos três.

Um pouco escondido atrás de seu cabelo loiro esvoaçante — esvoaçando para todos os lados com sua árdua tentativa de subterfúgio — está Evan, o homem mais paciente e tranquilo que já conheci. Calmo, com as mãos nos bolsos, imune ao comportamento inquieto de Whitley, ele apenas observa e ri. Juntamente com Bennett, que também aparenta não se incomodar com a possibilidade muito real de Whitley levar um tiro e/ou parar em uma detenção Jamaicana a qualquer momento.

— Eu daria umas palmadas na sua bunda se você tentasse isso — resmungo no ouvido de Laney, envolvendo meu braço com mais força em torno de sua cintura.

— Estou ciente — ela rebate, de forma inexpressiva, e sei, sem nem precisar conferir, que ela revira os olhos.

Acho que os guardas estão de bom humor hoje, ou sabem a diferença entre uma louca ameaçadora e uma pessoa simplesmente louca, porque Whitley está esperando, livre, por nós quando passamos pela fila.

— Vocês vieram! Eba! — Whitley grita, abraçando Laney com força. — Cadê o resto do pessoal?

— Se por pessoal você se refere ao incitador, o bêbado e a coitada da Emmett, eles estavam algumas fileiras atrás da gente, devem aparecer a qualquer momento. Sóbrios, eu espero. — Laney faz uma careta. — Zach estava bêbado, Sawyer quase inconsciente, Ryder com medo de respirar e Emmett... provavelmente ainda está considerando suicídio.

Será que alguém pensaria que Whitley é a exagerada? Fico calado, reprimindo a risada.

— Ah, não, eles não fizeram isso. — Whitley franze o cenho e apoia as mãos nos quadris. — Eu simplesmente não vou tolerar.

Lá vamos nós.

— Dane, pegue a mala da Trish, por favor — o Sr. Walker diz para mim e eu me apresso em ajudar, deixando as garotas sozinhas para planejarem seu contra-ataque.

— Tão lindo. — A mãe de Laney afaga minha bochecha, como ela sempre faz. — Ora, se eu não fosse velha o suficiente para ser sua mãe e...

— Trisha — o Sr. Walker a interrompe em tom desaprovador, e me poupa da familiar, mas não menos constrangedora, admiração —, continue andando, querida, está quente aqui fora.

Finalmente dentro do aeroporto, Evan e Bennett se juntam ao resto do nosso grupo, não mais se comportando como se não estivessem no caminho de ninguém, cada um distribuindo abraços para Laney e seus pais.

— Onde estão Zach e Saw? Deixe-me adivinhar, eles foram detidos para serem interrogados, sobre algum *incidente*, eu nem vou apostar um palpite, durante o voo? — Evan ri enquanto aperta minha mão.

Estou prestes a dizer a ele o quão assustadoramente perto da verdade ele realmente está, quando a voz de Sawyer ressoa:

— Nós estamos bem aqui, seu filho da...

— Sawyer! Meus pais estão aqui, se importa? — Laney o repreende, em alta voz. — Ajude sua esposa com a mala dela antes que eu te dê uma surra e vá ajudá-la eu mesma!

— Vamos, Emmy. — A voz e a expressão de Sawyer suavizam imediatamente quando ele se volta para seu tendão de Aquiles, uma das únicas duas pessoas por quem ele vai, literalmente, se transformar perante seus olhos: sua esposa. A outra, sua filha Presley.

22   **S.E. HALL**

— Você me magoou, cara — Zach dá um tapa no ombro de Evan. — Mesmo se eu tivesse sido detido, seria apenas para dar cobertura para Sawyer. Você sabe que eu nunca causo problemas.

— Ah, por favor — Laney zomba. — Emmett, você estava sentada com eles, me ajude aqui.

— Tentador. — Emmett sorri. — Mas parece que nós estamos prontos para ir.

E nós estamos, com Ryder tendo chegado, desconfiado e se mantendo o mais longe possível de nós sem realmente sair do aeroporto. Mas Whitley não perde tempo e o inclui ao abraçá-lo.

— Okay, estamos todos aqui! Temos uma van esperando lá fora, vamos lotá-la com as malas. Esperem só, até vocês verem o resort, é incrível! Mandou bem, Dane.

Eu não poderia estar mais frustrado com esse plano, pois estava pronto para as coisas "com menos gente," quero dizer, sozinho com a Laney.

— Você pode ir na frente com os seus pais até a van e fazer aqueles telefonemas que eu sei que você está doida para fazer. Eu pego o resto da nossa bagagem. — Beijo a bochecha de Laney e ela prontamente concorda.

— Eu te ajudo — Evan oferece, Zach e Sawyer assentem em concordância.

E, dessa forma, os homens seguem para a retirada de bagagens, enquanto as mulheres, os pais e Ryder, se dirigem para a van.

— Então, vocês estão prontos para isso? — Zach pergunta, entusiasmado e com um antagonismo presente em sua voz.

— Como nunca estive — Evan resmunga. — Compensa pela longa viagem em que Whit insiste em chegar bem mais cedo que todos os outros.

— Que droga ser você, cara. Mas é bom pra caramba ser eu. Eu vou relaxar na piscina, me permitir ser servido e achar uma boa e exótica lindeza que balance e esfregue seus seios contra mim a cada palavra que eu disser. — Zach ri.

— Não brinca? O que aconteceu com aquela garota, Donna, não era? — Sawyer pergunta. — Ela era gata.

— É Donna, e ela ainda é gata. Eu vou sair com ela quando voltar, mas nós não estamos comprometidos nem nada do tipo. Não mesmo.

Porque Zach não se compromete, digo a mim mesmo. Zach Reece é o cara mais legal que você vai conhecer, sensato, honesto, bem-sucedido... mas se queimou demasiadas vezes, nunca realmente se reerguendo por completo das cinzas. Descobriu pelo Facebook que sua namorada do ensino médio o estava traindo, a garota na qual ele investiu seus anos mais frágeis e cruciais e que, eu acredito, a quem ele realmente amava. Depois ele viu Avery o traindo, uma cena obscena, no meio do The K, onde ele se viu humilhado e enganado mais uma vez. E a verdadeira bomba? Um *ménage* aleatório com uma motoqueira de quem nós nunca ficamos sabendo a história toda – mas ele passou um tempo remoendo esse lance, decidindo se iria atrás dela ou se dormiria com uma arma carregada e um olho aberto.

Não posso dizer que eu realmente o culpe por sua fobia a compromissos e descrença. Mas ele parece relativamente feliz agora, treinando um time de futebol americano em uma escola de ensino fundamental onde ele também ensina álgebra, tem sua casa própria e sua moto, e tem uma bela acompanhante para todo encontro. Exceto esse.

— Vocês têm que arranjar um jogo de golfe ou algo do tipo só para os caras — Evan implora. — Whitley está me enlouquecendo com todo esse negócio de planejamento do casamento. Meu beija-flor não é tão fofo quando está no seu ritmo louco de coordenação de evento.

— Hmm, eu paguei pelo pacote com tudo incluso. O casamento está planejado — interrompo, confuso.

— Você deveria pedir um reembolso — Evan ri. — Melhor ainda, não diga nada, porque eles podem pedir por mais dinheiro, adicional de periculosidade. Whitley tem incomodado eles pra caramba.

Eu, honestamente... não sei o que dizer quanto a isso.

Zach e Sawyer riem às nossas custas enquanto retiramos nossas malas da esteira e seguimos até a van.

— Okay, então todo mundo faz o *check-in* e se troca ou qualquer coisa, depois nos encontramos na piscina, digamos, em cerca de uma hora? — Whitley, autointitulada diretora social, que obviamente tomou muitos psicoestimulantes, bate as mãos quando chegamos à nossa condução.

— Ou... — Dou um passo à frente. — Laney e eu nos encontramos com vocês mais tarde, depois de estarmos *descansados*.

— Dane. — Laney finge discordar com um murmúrio baixo, mas com um olhar na direção dela, e sua mão já deslizando pelas minhas costas para pousar na minha bunda, ela perde seu protesto.

— Sério? Foi um voo de apenas três horas! Certamente vocês podem, hmm, esperar para...

— Whit. — Evan ri, interrompendo o protesto balbuciado de sua esposa com um braço em volta de seu ombro e um beijo no topo de sua cabeça. — Vamos para o resort, fazer você comer alguma coisa, e deixar o resto rolar. Quando foi a última vez que você parou para se alimentar?

E justo quando penso que Evan interrompeu o anúncio desnecessário de Whitley na frente do Sr. Walker de que eu estou prestes a arrasar a filha dele... Sawyer entra na conversa.

— Eu gosto do plano do Kendrick. Todo mundo fazendo o favor de assentar suas bundas na van! Emmy, você pode me ajudar a transpirar um pouco desse álcool quando chegarmos lá, mulher. — Ele quase a empurra para dentro enquanto ela lança para todo mundo um sorriso de desculpa por cima de seu ombro.

Sim, um percurso nada constrangedor... por sorte, o resort fica a apenas vinte minutos de distância.

E Whitley, que não para de tagarelar por um segundo, poupa do resto de nós qualquer esforço de contribuir com a conversa.

— Pois bem. — O Sr. Walker pigarreia e me lança uma carranca após descarregarmos as malas. Sério, se a ruga em sua testa fosse mais profunda, a declarariam um patrimônio e a nomeariam em homenagem a um presidente morto. — Trish e eu precisamos nos acomodar também, talvez tirar um cochilo. Estou certo de que encontraremos com todos depois.

Sawyer arrastou Em para fora quase antes da van parar por completo, então depois de os pais da Laney se ausentarem e Evan persuadir Whitley a ir comer, sobramos eu, Laney, Zach e Bennett. Não faço ideia de para onde Ryder desapareceu.

— Vem, Ben. Vamos procurar um pouco de diversão. — Zach segura a mão dela e com um olhar tímido para mim por cima de seu ombro, *estranho*, ela aceita e permite que ele a conduza.

— Está pronta para ir dar uma olhada no lugar onde a gente vai ficar? — Eu me aproximo devagar, puxando o corpo de Laney contra o meu e coloco o rosto em seu pescoço, seu doce e marcante cheiro de lavanda invocando meus desejos mais primitivos.

Seu suspiro suave é minha resposta.

Malas entregues, maleiro pago... Esperei por ela tempo demais para ficar rondando pelo quarto em silêncio. Você viu uma suíte, viu todas elas, e nada aqui justifica seu *pseudofascínio* prolongado. Nunca vou entender a vasta gama de emoções percorrendo o corpo dela agora. Há muita coisa prestes a acontecer, está me afetando também, mas obviamente, não no mesmo nível. Laney é, na verdade – e para o meu prazer –, uma mulher... então, sim, nós não pensamos da mesma maneira. Mas uma coisa que entendo melhor do que qualquer um, até mesmo do que a minha própria linda Disney, é como direcionar a mente dela para outro lugar.

— Vem cá. — Aceno para ela de forma respeitosa, mas com uma implacável ênfase enquanto tiro os meus sapatos e meias.

— Hã? — Ela para e lança um pequeno sussurro por cima de seu ombro.

— Venha até mim, Laney. — Desabotoo minha camisa, mas não a retiro, para que ela a remova da maneira que achar melhor. O ruído do meu zíper ecoa pelo quarto e seus ombros se endireitam com a expectativa, um suspiro mudo passando por seus lábios.

Teimosa, ela permanece na janela, de costas para mim enquanto observa o cenário tropical para o qual suspeito que ela deseja escapar, procurando por respostas para perguntas não proferidas, preocupação tentando roubá-la de mim.

O que não será permitido.

E ela sabe disso.

Laney é minha; meu amor, minha vida, meu consolo... e eu não compartilho. Com nada, mesmo com coisas imperceptíveis. Se ela não estiver "aqui" comigo, então eu tenho duas opções: me juntar a ela para onde quer que ela tenha ido, ou trazê-la de volta. E porque eu a conheço melhor do que a mim mesmo, não preciso me perguntar qual opção é a certa. Ela *quer* estar no presente para essa importante viagem, essa ocasião. Ela *precisa* de mim para superar qualquer coisa que a esteja sobrecarregando.

Minha garota estabelece a mais emocionante das armadilhas. Sem palavras, dependendo de mim para ir até ela – o que vou continuar a fazer enquanto tiver vida e pernas com as quais andar.

Diminuo a distância entre nós, pressionando meu corpo contra suas costas, com minhas mãos acariciando seus ombros.

— Você é o amor de quem? — pergunto, com o rosto em sua pele macia, na curva entre seu pescoço e seu ombro, feita especificamente para a minha boca. — Diga-me.

— Seu. — Ela exala seu nervosismo em um suspiro, deixando seu peso colapsar contra mim. — Sempre seu.

— Vire-se e me faça acreditar — exijo, em absoluta calma.

Ninguém jamais viu, percebeu, *e ninguém nunca fará isso agora*; minha descoberta intuitiva, nosso segredo... mas Laney é uma mulher *muito* obstinada, que apenas se curva à vontade de um homem com tamanha força ou mais, o suficiente para coagir, *seduzir* e atrair a garota delicada e meiga dentro dela. E a perspicácia para reconhecer quando tal força será bem-vinda *versus* quando ela vai atacar em protesto como uma víbora.

Esse homem eternamente agradecido sou eu.

— Dane. — Ela se volta para mim, um toque de aborrecimento em seu tom. — Nós não temos tempo para isso. Eu estou bem, vamos...

— Foder até você ser uma versão reconhecível da minha Laney de novo? Boa ideia, amor. — Dou uma piscadinha e agarro sua bunda, com força com ambas as mãos. — Pule — insisto, e a seguro quando ela, na mesma hora, instintivamente, obedece. — Pernas ao meu redor. — Minha voz agora está ainda mais rouca enquanto a carrego na direção da cama, seu centro já ardente me aquecendo através do meu jeans.

Na beirada da cama *king size*, eu a coloco de pé.

— Quero você nua. Tire bem devagar e seja atrevida, não se apresse. Mas olhos em mim. Pense apenas em mim; o que você está me dando, para eu tomar. Da. Forma. Que. Eu. Quiser.

O movimento do seu peito acelera, um rubor de desejo subindo pelo seu pescoço quando aquela pequena língua surge para umedecer seus lábios.

— Você quer isso, não quer? — Esfrego-me por sobre a calça, o olhar fixo no par que ela usa. Ela assente, desabotoando sua camisa com uma falta de urgência provocante. — Quanto? Me diga.

— Muito — ela sussurra. — Eu preciso de você, Dane. — Ela tira sua camisa e a joga para o lado, segurando os seios através da renda fina.

— Deite-se — grunho, sem paciência.

CAPÍTULO 4

CONQUISTADA PELO HOMEM DAS CAVERNAS

Laney

Olhando para ele, deitada de costas (é claro que escutei sua exigência proferida em um grunhido), meu homem de poucas palavras fala bastante enquanto se eleva sobre mim, fazendo minha respiração acelerar. Seus olhos ambarinos estão ardentes, suas pupilas tão dilatadas a ponto de a cor preta ameaçar cobrir a íris castanha, e um pequeno espasmo contrai o músculo da mandíbula. Ele está no modo de caçador e eu sou sua presa, tremendo de dentro para fora, à espera de seu ataque.

— Eu não gosto de quando você me deixa. Alguma vez já deixei você me afastar? — Ele arqueia a sobrancelha escura em desafio retórico, mas, mesmo assim, eu concordo com um aceno de cabeça. — Isso não mudou — ele grunhe, enrolando seus dedos ao redor dos meus tornozelos e me puxando até eu estar pendurada para fora da cama. — Eu acho que meu amorzinho — ele levanta uma das minhas pernas, beijando a panturrilha — precisa ser lembrada — ainda mais alto — que é meu trabalho, meu prazer, cuidar dela.

— Estou bem aqui — consigo falar, mesmo sem fôlego.

— Não, você não está. Mas estará. — Sua simples constatação está envolta em uma confiança que ele mais do que conquistou, vez após vez, e claro, vem acompanhada por uma piscadela atrevida que me faz derreter. Todas. As. Vezes.

Houve um tempo em que eu riria na cara de qualquer um que viesse a pensar em sugerir que eu ficaria, algum dia, toda fraca e maleável com a destreza manual de um homem.

Agora eu riria de mim mesma, uma verdadeira tola, se eu sequer debatesse, por apenas uma fração de segundo, de tentar resistir à marca patenteada de homem mandão que apenas Dane Kendrick podia empregar.

E o ato de me curvar, literal e figurativamente, à vontade dele? Nunca parece com "ceder" ou "desistir"... parece como um reflexo. Natural.

Eu *quero* fazê-lo feliz, assim como ele me faz. E de modo algum quero desencorajar sua atitude dominadora. Claro, algumas vezes ele faz com que as coisas sejam mais difíceis do que deveriam ser, mas, na maioria das vezes, esse jeito dele faz com que eu me sinta segura e apreciada. E eu, *definitivamente*, não quero reclamar de jeito nenhum, com medo de correr o risco de ele me entender mal e pegar mais leve no quarto.

Suas mãos grandes, e ágeis, abrem minha calça com facilidade e seguram as laterais do jeans e da calcinha.

— Levante-se — ele exige e tira minha roupa da cintura para baixo em um único puxão.

A forma como seu olhar recai sobre mim, é tão penetrante que parece um toque físico. E a língua, que sei que é loucamente talentosa deslizando sobre seu lábio inferior, me deixa ofegante, morrendo de vontade para que ele a passe sobre mim em vez disso. Uma rajada de desejo ávido percorre meu corpo, antes mesmo de ele começar as coisas realmente perversas que sei que vêm em seguida, aquele seu comando viril e potente pelo qual anseio.

Observo com uma fome crescente enquanto ele tira sua camisa, revelando seu lindo tórax; ombros firmes e bronzeados, um pequeno punhado de pelos escuros em seu peito, linhas finas descendo para um abdômen tão definido e lambível, que deveria ser ilegal. Eu *nunca* vou me cansar do corpo de Dane, uma coisa verdadeiramente bela que ele "possui" com uma arrogância humilde. Meu próprio parquinho particular.

Ele pode pensar que é o rei do territorialismo, mas aquele físico esculpido de dar água na boca que ele cultiva pertence. *A. mim.* E posso tê-lo sempre que eu quiser, porque aquele pacote (é, aquele também), vem com um apetite insaciável que anseia por mim tanto quanto anseio por ele.

Minha respiração instável fica mais alta do que posso controlar e ele me encara com malícia, me dizendo em silêncio com aquele brilho presunçoso em seus olhos que ele sabe exatamente o que está fazendo comigo.

— Ela está voltando a si — ele me provoca, com um orgulho astuto, enquanto abaixa a calça e a cueca boxer até o chão. — Você me quer, amor?

Assinto, me movendo como um pequeno siri excitado e me estendo na cama para lhe dar bastante espaço para me conquistar.

Ele se junta a mim, engatinhando de um jeito predatório, pairando sobre mim, e se livra do meu sutiã com uma precisão vertiginosa e apressada.

— Eu não te ouvi direito. — Seu hálito assopra meu rosto conforme passa o nariz sobre o meu. — Isso foi um sim?

Há certas coisas, que Dane *tem* que me ouvir dizer de fato.

Tanto que ele irá segurar seu autocontrole revoltante até extrair as palavras de mim. Às vezes, estou simplesmente delirando demais de desejo para responder, mas com frequência, eu nego sua exigência de propósito — porque ele fica incrivelmente mais áspero e mais agressivo a cada confirmação que dou, enfim, em voz alta. E quando eu cedo e ele liberta toda aquela privação acumulada em mim, é uma euforia indescritível.

— Diga, amor. Me fala o quanto você quer. — Sua voz soa tensa e autoritária.

Ah, sim, aí está a voracidade em seus olhos. Ele está pronto.

— Você sabe que eu te quero, sempre. Eu te amo, Dane. — Passo uma mão por seu espesso cabelo castanho e envolvo a outra ao redor de seu pescoço, puxando sua boca contra a minha.

Ele rosna em nosso beijo, usando seus quadris encaixados entre as minhas pernas para afastá-las. Seu comprimento duro se move entre nós e busca meu centro, por onde desliza através da minha umidade, pressionando com mais força toda vez que roça o meu clitóris, aprofundando apenas mais um pouco a cada deslizada para mais perto da minha entrada. Sou capaz de sentir o inchaço das veias de seu membro, passando por mim deliciosamente.

— Dane... — gemo, chupando seu lábio inferior, cravando os dedos na pele suada de seu pescoço. — Me ame. Agora.

Ele se ergue um pouco, e curva meus joelhos até meu peito, para logo em seguida se inclinar para frente e apoiar o peso de seu corpo. Estou presa, sem qualquer possibilidade de me mover. Usando apenas uma das mãos para manter as minhas acima da minha cabeça, a outra dá início à lenta provocação. A ponta de um dedo circula primeiro ao redor do mamilo esquerdo, depois do direito dos meus seios; estou ofegando, e seu sorriso diabólico surge conforme as pontas endurecem e parecem erguer-se para ele.

— Eu conheço a minha Disney — ele rosna. — Sua mente, alma, e principalmente — ele se alinha no meu centro molhado e mais do que pronto —, seu corpo. Você vai receber tudo de uma vez para mim, não vai, amor? Você quer meu pau fundo e rápido?

— Oh, sim — gemo.

Com um suspiro longo e rouco, ele me penetra por inteiro, me invadindo física e emocionalmente. É bruto, mas lindo. Ele murmura sua aprovação quando um gemido suave me escapa, e na mesma hora, cada coisa ou pensamento que não se concentre em "nós" desaparece. Minha mente agora é um vazio de tudo, exceto da sensação de seu membro rígido entrando e saindo, seu agarre firme nos meus pulsos e a boca quente chupando meus seios, depois a clavícula e, em seguida, meu pescoço.

— Estou com você — ele assegura no meu ouvido, baixo e rouco. — Sempre. Para qualquer coisa. Eu — investida — estou — uma rotação torturante de seus quadris, girando seu comprimento dentro de mim para acariciar com adoração cada centímetro — com você. Aperta o meu pau, amor. Você sabe como eu gosto.

Amo sua boca vulgar, eu provavelmente poderia gozar só com suas palavras. Flexiono meus músculos internos, contraindo e relaxando, várias vezes, lutando contra as pálpebras que querem se fechar em êxtase para absorver a visão dele me amando. Olhar para Dane, assim, com a cabeça inclinada para trás, a boca aberta, um grunhido infinito irrompendo do mais profundo de seu peito... é a minha vista favorita no mundo inteiro. Uma leve camada de suor por conta do esforço torna sua pele brilhante, seu cheiro inebriante e desejo masculino nublando minha mente.

— Porra, sim, amor, desse jeito. Tão boa, gostosa, e *minha* — ele rosna, seu suor se misturando ao meu. Os pelos de seu tórax friccionam contra meus mamilos deliciosamente e sua pélvis agora escorregadia, esfrega meu clitóris a cada arremetida, implorando pelo meu clímax.

— Dane, oh, *por favor*. — Viro e me contorço abaixo dele, sem nunca conseguir me aproximar o bastante, e luto contra o seu agarre em meus pulsos. Ele os solta e minhas mãos seguem para seus ombros, onde o seguro com força para me impulsionar, ansiando pelo impacto total de suas investidas contra mim. — Mais forte, mais forte, amor. Eu preciso.

A cabeceira se choca contra a parede enquanto ele estoca desenfreadamente, enfiando o rosto no meu pescoço, e lambendo o suor da minha pele.

— Laney, minha nossa, eu te amo. — Ele coloca a mão entre nós sem perder o ritmo ou a intensidade, esfregando meu clitóris com maestria. — Goze, amor, quero sentir sua boceta gostosa implorar. Estou tão perto, acabe comigo, Laney.

Ele fala com tanta safadeza – mas sempre consigo ouvir a pureza por trás – apenas para mim, quando estamos sozinhos, acelerando meu coração.

De uma única vez, contraio ao redor dele, mas relaxo ao mesmo tempo; a combinação contraditória e eufórica de explodir em mil pedacinhos pelo amor da minha vida. Ele me preenche com um calor úmido e espesso, em várias arremetidas curtas e superficiais, depois colapsa com a metade do corpo sobre mim, alojando o rosto na curva do meu pescoço mais uma vez.

Aquele lugar tem sido o seu preferido desde sempre.

Quando recupera o fôlego, ele murmura em meio a um beijo longo no meu pescoço:

— Quer conversar sobre alguma coisa?

Dou uma risadinha e o puxo para mais perto de mim.

— Nadinha, homem das cavernas. Está tudo muito melhor agora.

Após nosso banho longo, voraz e compartilhado mais tarde, nós não nos apressamos para passar algum tempo com o resto da Galera. Embora, eu deva admitir, uma reposição das forças seria bacana com um belo jantar. Entre minha mente dispersa, que Dane fez questão de levar de volta para ele, e a euforia nervosa dos próximos eventos.... meu homem das cavernas sempre insaciável estava se sentindo ainda mais selvagem no segundo *round*.

Como se tivesse sido combinado, nossos celulares sinalizam uma mensagem recebida. Isso só pode significar uma coisa — mensagem de grupo, detestada pela maior parte do membros da Galera. Eu apostaria um órgão, que Whitley é a criadora do chamado *text bomb*, cujo homem abomina esta forma particular de comunicação além da conta.

Efetivamente. Uma olhada no meu celular e é confirmado, meus rins estão salvos.

> Whitley: Reservei nossa mesa no restaurante lá embaixo para as 19h. Em uma hora, pessoal! Tempo o suficiente para finalizar qualquer "descanso."

> Evan: Pelo amor de Deus, mulher! Estou bem atrás de você. Por que me colocou nesse grupo? E porque eu ainda estou nele... deixa pra lá.

É impossível não amar Whitley. Ela nunca deixa de proporcionar entretenimento ao encher o saco de Evan, para que possamos assistir e desfrutar do espetáculo.

Essa merda é engraçada demais.

> Zach: Eu e a Ben estamos prontos. Nos vemos lá embaixo.

— Dane, você pode... — paro de falar quando me viro e deparo com ele no celular, já conversando com um dos meus pais, antes que eu sequer precisasse pedir.

As mais simples tarefas, aqueles pequenos e aleatórios atos de sincronia que servem como lembretes de que outra alma compartilha espaço com a sua própria... significam muito.

Meu celular vibra na minha mão, me despertando de meu momento de devaneio, e olho de volta para a tela.

> Sawyer: Eu e a Em já estamos aqui embaixo. Ela está bêbada, dançando no bar e fazendo uma cena, então acelerem aí, seus lerdos malditos. Ela está fora de controle.

Ah, Sawyer. Reviro meus olhos. Emmett não está fazendo nada disso, e como ele nunca desiste de inventar essas coisas, continua sendo um mistério. Eu só posso imaginar que deve ser desgastante para a adorável Emmett algumas vezes, mas também estou certa de que faz da vida dela um evento mais espontâneo e interessante. E isso vale por muitos "algumas vezes".

Estou com os dois polegares prontos para responder quando Dane desliga o celular.

— Seus pais já pediram o serviço de quarto e querem ficar de fora dessa. Acho que o dia corrido, voo e tudo mais, deixou os dois só o bagaço.

— Eles estão bem? Será que preciso dar uma olhadinha neles?

Dane dá uma risadinha e balança a cabeça.

— Seu pai sabia que você ia dizer isso. Ele me fez prometer que diria palavra por palavra... — Ele engrossa a voz e faz sua melhor imitação de Jeff Walker: — Nós só estamos um pouco velhos, um pouco cansados, Campeã. Vá lá e se divirta, sem preocupações.

— E você...

— Sim. — Com a voz de volta ao normal, ele me lança um sorrisinho malicioso, uma expressão calorosa surgindo em seu rosto. — Eu acredito nele.

— Bem, okay então. — Dou de ombros e acredito em sua palavra, como sempre, voltando a concentrar minha atenção no celular.

> Eu: Nós desceremos já já. Meus pais vão ficar de fora dessa vez.

> Whitley: Está marcado! (vários emojis de festa)

> Evan: Ótimo, tudo resolvido então. Este grupo está morto agora. Todo mundo pode deletar e se sentir livre para conversar entre si.

> Sawyer: RT Evan.

> Sawyer: Foi mal, vou deletar de verdade agora.

Dane exala pelo nariz e passa uma mão pelo cabelo, o qual, de alguma forma, sempre dá a impressão de que os fios foram despenteados desse jeito sexy de propósito. Com uma pitada de humor, ele suspira e diz:

— Vai ser uma longa viagem.

Ele está certo, mas sei também que está mais do que ciente de que temos o melhor grupo de amigos que alguém poderia desejar. Eu não mudaria uma coisa sequer em nenhum deles... e ele também não.

Descemos para o restaurante, de mãos dadas, para dar de cara com algo que não me surpreende.

Whitley está de pé, agitando os braços loucamente como se eu não estivesse olhando direto para ela e de alguma forma não os visse; Sawyer está pedindo para o garçom que está passando ao lado, por uma outra rodada para a mesa, nem um pouco surpreendente; Emmett está sentada do lado dele, *não* em cima do balcão do bar e/ou, aparentemente, fora de controle;

S.E. HALL

Zach está com um braço apoiado no encosto da cadeira de Bennett, com o corpo voltado para ela, que inclina a cabeça para trás ao rir de algo que ele acabou de dizer.

A coisa toda de "desconfortavelmente perto demais" vem à mente por uma fração de segundo, mas dissipa ainda mais rápido, porque a proximidade especial e insubstituível da Galera significa conforto, e isso é um fato. Quem sou eu para estabelecer parâmetros com essa garantia?

Conhece o ditado "um raio nunca cai duas vezes no mesmo lugar?" Não faço a mínima ideia de como se tornou um ditado, porque é totalmente inadequado.

Na realidade, há inúmeros lugares que foram atingidos mais de uma vez em uma mesma tempestade! (Sim, eu pesquisei.) Por exemplo, na noite de 5 de fevereiro de 2008, uma torre de rádio em Lexington, Kentucky, foi atingida onze vezes em um intervalo de vinte minutos.

E se liga nessa pérola, porque, algum dia, essa questão cairá em algum programa de perguntas premiadas, e você impressionará todos os seus amigos ao saber a resposta.

Eu tenho uma lista mental de curiosidades como essa. Foi uma das maneiras que encontrei de ajudar Dane a entender as coisas quando perdemos Tate.

Após o acidente de carro que quase matou Tate durante o meu primeiro ano da faculdade, Dane teve muita dificuldade em processar a ironia do destino de seu irmão ter sobrevivido a um acidente quase fatal... apenas para não sobreviver a outro alguns anos depois. Ele ficava dizendo "quais são as chances", vez após vez... então pesquisei as probabilidades; literalmente, vítima de acidente duas vezes, e metaforicamente, raios. Pareceu ajudar, um pouco.

Duas das pessoas mais importantes da minha vida perderam uma das mais importantes das deles. É claro que ainda me preocupo com Dane, especialmente em datas comemorativas, festas de fim de ano, mas Dane não está sozinho... como Bennett.

E com a dor em meu peito servindo de lembrete, eu me inclino na direção da minha amiga e a envolvo em um abraço inesperado.

— Por que fez isso? — Sorri para mim ao perguntar, suas bochechas graciosamente coradas pela meia taça de vinho que ela coloca na mesa.

Dou de ombros, e retribuo com um sorriso amoroso.

— Porque eu quis. É preciso um motivo?

— Não. Nunca. Sente-se, mana. — Ela dá um tapinha na cadeira vazia ao lado e eu me sento, com Dane se acomodando à minha esquerda.

CAPÍTULO 5

QUANTOS NA SUA FESTA?

Dane

O jantar é... como todo jantar, eu presumo. Sawyer sendo Sawyer, com suas palhaçadas e sua boca tão tímida quanto a de um macaco mal treinado. Whitley está recitando uma programação que faz a minha cabeça girar, e eu nem estou escutando realmente; não consigo imaginar quão doloroso está sendo para aqueles que estão prestando atenção. Laney está toda agitada por dentro, sua linguagem corporal mostra toda tensão e seu estado de nervos, que sei que é por ela estar preocupada comigo. E com Bennett.

Por falar em Bennett. Em seu retorno do banheiro, o homem com quem ela estava dançando há pouco tempo se colocou diretamente no caminho dela.

E não há nada de errado nisso.

É claro que Bennett seguiu em frente, como deveria. Passaram-se anos desde a morte de meu irmão, mas, para mim, parece que foi ontem. Quando um homem idoso, ao sair do dentista (obviamente, cedo demais), cruzou o canteiro central e lançou o veículo de Tate colina abaixo, onde ele se deparou com a morte.

Não fui atrás do homem velho, pois sua culpa imensurável já é punição o suficiente; também não tirei satisfação com a clínica odontológica... porque nenhum deles traria Tate de volta, apenas acrescentaria uma batalha acima daquela que eu já travo para suportar sua perda.

Naquele dia fatídico, Tate estava indo visitar uma casa. Uma casa que ele planejava comprar para ele e Bennett, como uma surpresa por conta da recente riqueza que a academia estava gerando. O próximo passo na construção de suas vidas juntos.

Bennett agora é dona tanto da academia, quanto da casa. Duas coisas que eu *podia* controlar, e que dei um jeito.

— Ei, você. — Laney se inclina, acariciando minha perna com o toque suave de sua mão. — Não gosto quando você me deixa. — Ela usa as mesmas palavras que usei mais cedo, em um sussurro carinhoso, cheio de amor, no meu ouvido.

— Estou bem aqui — continuo a reencenação.

— Não, não está. — Essa é a parte em que ela diz *"mas estará"* e me joga em cima da mesa de jantar. — Mas tudo bem. Eu estarei bem aqui quando você voltar.

Caramba... ela leva jeito; sua versão é quase melhor que a minha.

Balanço a cabeça para desfazer as teias de memórias que criei, dando o meu máximo para me envolver na conversa e no companheirismo que me cercam, colocando a mão sobre a de Laney, que em momento algum se afastou da minha perna.

— Então, pela manhã, nós temos uma reunião com Pablo, o coordenador local. Laney, eu juro, eu pedi por mini rosas de cor coral, mas o que ele me mostrou ontem? Rosas alaranjadas enormes! Não se preocupe, porém, porque expliquei exaustivamente o erro e será corrigido até amanhã. É o que veremos. — Whitley finalmente para de falar para recuperar o fôlego, e tomar um gole d'água.

— Bom trabalho com isso, Whit. — Laney realmente estremece com o esforço que é preciso para esconder sua condescendência e eu me contenho para não cair na gargalhada. — A questão do tamanho até entendo, mas não sabia que havia diferença entre coral e laranja.

— Retuíte, Gidget! — Sawyer grita, sinalizando para um garçom.

— Querido, não sei se você pode retuitar algo dito, ou escrito, ou praticamente... qualquer coisa que não tenha sido tuitada — Emmett explica, carinhosamente, enquanto todos da mesa riem de sua enésima tentativa de explicar essa teoria para ele.

— Claro que pode, acabei de fazer isso. — Ele dá de ombros. — Ah, oi. — Sua atenção agora está voltada para o garçom ao seu lado. — Nós vamos precisar de algumas doses de *Patron Silver* para todo mundo, *mucho pronto, por favor*. Duas lá também. — Ele aponta para a cadeira vazia de Bennett.

— Certamente, senhor — o garçom responde em inglês, a língua em

Suportar

37

que até eu, perdido em meus próprios pensamentos, sei que ele tem falado por toda a noite.

— Por que tomaremos doses? — Evan questiona, lançando um olhar desconfiado para sua esposa. Todo mundo sabe que ela fala mais que o homem da cobra, e ainda mais rápido (sei que parece impossível) quando está embriagada.

— Não é por sua mulher estar fazendo nossos cérebros sangrarem com sua fascinante palestra sobre as diferenças no mundinho das paletas de cor, se é isso o que você está pensando. — Sawyer ri, mandando um beijo brincalhão para Whitley. — Nós estamos de férias, por que não?

— Eu estou dentro. — Zach bate na mão de Sawyer. — Bennett! — Ele se vira na cadeira e grita, interrompendo sua dança do outro lado do ambiente. — Dê boa-noite aí e vem pra cá, mulher! Doses com a *sua família*.

De forma alguma ela ignoraria aquele chamado. Ela é rápida em sussurrar uma despedida para seu parceiro de dança, aceita o beijo casto na bochecha e volta correndo para sua família.

— Considero isso tão bom quanto uma dose! — Ela dá uma risadinha, fazendo uma espécie de dancinha com os membros superiores e depois se acomoda na cadeira.

Aparentemente, falhei em disfarçar a mudança de postura, porque a mão de Laney aperta a minha coxa e ela baixa a cabeça para depositar um beijo delicado bem abaixo da minha orelha.

— Não faço ideia do que está acontecendo com você, mas, por favor, deixa disso. Nós estamos no paraíso, com nossos melhores amigos, para o casamento do século, se Whitley tiver algum poder de decisão. O que quer que esteja te incomodando, não pode ser ruim o suficiente para estragar tudo isso, pode?

Essa é a questão. Eu não sei de fato o que está me incomodando, ou por quê. E para a minha sorte, Laney não é a única que percebe meu humor. Bennett, perceptiva como sempre, se inclina para perguntar:

— Está tudo bem, Dane?

— Claro. — Dou um sorriso forçado. — Por que não estaria?

— Eu não sei. — A linda ruiva, com seus olhos verdes focados nos meus, em busca da verdade que nem eu mesmo sei, contrai os lábios. — Não consigo pensar em algum motivo. Nenhum que seja lógico, ou *justo*, de qualquer modo.

Aí está; ela é a melhor amiga da Laney por uma razão. Não dá para se esquivar de nenhuma delas quando farejam problema, hipocrisia, ou a mais simples asneira. Embora, *Bennett* costumava ser um pouco mais delicada com suas palavras, e esse jeito cínico é novidade para ela desde... bem, vamos apenas dizer que ela mudou com as mudanças.

Bennett sente meu descontentamento, e não vai me deixar isento de uma explicação por muito tempo. Ela pode deixar passar agora por conta da nossa audiência, mas o assunto virá à tona para ser discutido — quando Bennett julgar ser o momento apropriado. Nenhum segundo antes, ou depois.

— As doses chegaram! — Sawyer grita, rompendo a tensão repentina. Conforme o garçom coloca duas doses na frente de cada um, Sawyer ergue uma das dele no ar. — Ergam-nas, crianças, o paizão vai fazer um brinde!

Paizão?

Queira Deus que os outros clientes tenham deixado o restaurante. Assim como o de seu filtro, o botão de volume do Sawyer também é inexistente.

Laney me dá uma cotovelada, me lançando seu inconfundível olhar assassino estilo "eu estou no comando nessa", e de modo relutante ergo a minha dose.

— Um brinde — Sawyer começa, usando a mão livre para tirar um pedaço de papel de seu bolso enquanto se levanta.

— Ah, Sawyer — Whitley interrompe erguendo um dedo delicadamente. — Os brindes escritos estão reservados para...

— Whit, você é linda, mulher, mas há apenas uma lindeza que pode mandar em mim. Certo, Emmy?

Ele está mentindo; Presley transforma o homem em um molenga também.

— Não é muito longo, só deixa ele fazer. — Emmett dá um sorriso desesperançoso para apelar para o lado sentimental de Whitley.

Nunca admitirei em voz alta, mas eu mesmo estou meio curioso com o que ele elaborou.

— Tá bom — Whit bufa, erguendo seu copo com um ar dramático.

— Pois bem, como eu estava dizendo. — Sawyer arregala os olhos enfaticamente para Whitley, depois se vira para fazer contato visual com todos, um de cada vez. — À nossa Galera, o melhor grupo de pessoas que uma pessoa poderia querer conhecer, quanto mais ter por perto. Nada nem ninguém nos separa. Ninguém se infiltra, especialmente arruaceiros cujos nomes seguem na linha de *Ride Her*, a quem estou muito feliz por não ter sido convidado para jantar conosco hoje. Enfim — ele pigarreia —, conforme outro casal dos nossos se une em matrimônio, nosso círculo, nossos

Suportar 39

laços, apenas se fortalecem. E meu voto é — ele agita as sobrancelhas com um sorriso malicioso —, voto, viram o que eu fiz aqui? Proteger esse círculo e todos os que dele fazem parte com tudo o que sou. Saúde!

Depois que paramos de rir, balançando a cabeça diante das palavras de Sawyer, nós nos juntamos a ele e entornamos a dose.

— Isso foi muito bom, querido. — Emmett esfrega o braço dele à medida que ele se senta novamente. — Não lembro de ter sido exatamente assim quando ensaiou mais cedo, mas você não improvisou tanto, então, no geral, foi adorável.

— Sim, eu troquei se casa por "se une em matrimônio". Não precisa ficar tudo certinho. E o negócio do voto, veio do nada à minha mente, enquanto eu estava falando. BUM! Boa, né? — ele pergunta para ela.

— Sim. — Ela reprime o riso sarcástico, diferente de nós.

— Qual é o problema dele com o Ryder? — Laney me pergunta baixinho.

— Não faço ideia, mas estou certo de que vamos descobrir, muito em breve.

Eu parei com as doses de tequila depois das duas primeiras.

Por outro lado, sempre tive tendências solitárias quando se trata de bebedeira em grupo com a Galera.

Razão pela qual sou o único sóbrio na nossa festa, e por festa, não quero dizer *"quantos na sua festa esta noite, senhor?"* como é perguntado educadamente pela recepcionista. Não, quero dizer, qualquer coisa mais louca seria uma boa escolha para a sequência de "Se beber, não case! 4".

Felizmente, uma rápida conversa e um "generoso" aperto de mãos com o gerente mais tarde, e nós havíamos requisitado o serviço de dois funcionários e o uso privado do pátio. O luar e as luzinhas cintilantes criavam uma atmosfera que me fez querer que Laney e eu estivéssemos sozinhos aqui.

Estou lentamente bebericando meu uísque, um pouco mais relaxado agora, enquanto assisto ao espetáculo. As mulheres da Galera, especialmente quando bebem e dão carta branca para o sistema de som ao ar livre, representam uma espécie de tempestade tropical só delas.

E assim como cada tempestade é diferente, também são estas mulheres bêbadas. Mais ou menos... Dou uma risada só de pensar naqueles sete anões que minha garota Disney adora. Primeiro, temos a Whitley – A Bêbada Dunga. Ela tentou fazer uma dança sexy, sobre a mesa; Evan a pegou no ar quando ela escorregou do nada. Agora ela está tentando desesperadamente passar por baixo de uma cordinha, só que ninguém quer se deitar sobre duas cadeiras para isso, e ela não consegue descobrir como levitá-las num passe de mágica. Então, basicamente, ela está apenas andando para lá e para cá com o corpo meio inclinado para trás, sem nenhuma razão.

A seguir, temos a Bêbada Soneca, também conhecida como Emmett. Eu a vi fechar os olhos pelo menos duas vezes, mas ela volta à vida quando alguém a chama, e dá um sorriso caloroso enquanto observa Sawyer se divertir. Ele já se ofereceu para encerrar a noite várias vezes, mas Em continua insistindo em ficar. Ela é realmente incrível; para ele, e para todos em geral.

Laney é a Bêbada Feliz, o que *me* deixa feliz. Ela está se divertindo, dançando, rindo, esbarrando em Sawyer ao cambalear e caindo no meu colo a cada poucos minutos para me lembrar como a Bêbada Excitada é uma parente próxima da sua versão feliz. Ela começa a grunhir em um tom que eu raramente, se é que alguma vez já ouvi, ouço dela quando a próxima música começa a tocar.

— Ah, meu Deus, Whitley, é a música de vocês!

Ela sai do meu colo e corre para Whitley, enlaçando a cintura da amiga, e gesticulando com a outra mão para Emmett e Bennett se juntarem a elas. As quatro se unem e começam a balançar juntas em uma linha trêmula e descoordenada, cantando a letra que reconheço como a música tocada no casamento de Evan e Whitley; "Cowboy Take Me Away".

Todas elas desabam no chão de tanto rir assim que a música e a tentativa de cantar a letra – que mais se parecia com miados. Seus rostos estão corados conforme tentam recobrar o fôlego.

— Você não poderia ter escolhido uma canção melhor — diz Laney, arfando e com um ar sonhador. — Evan, seu cowboy, levando você para aquela casa linda no campo.

— Não é? Eu amo aquela casa quase tanto quanto ele. — Whitley dá um beijo em Evan.

— Me lembro de dias em que você odiava aquela casa. — Evan ri.

— Nunca! — Ela pula e coloca uma mão no quadril, em uma atitude de pura indignação. — Eu só fiquei um pouco nervosa com todo o trabalho, e com o calor. Meu Deus, poderia ser mais quente?

— Não! — todos nós gritamos de uma só vez.

Toda a Galera tinha deixado sangue, suor e algumas lágrimas na soleira da casa dos Allen, todos se esforçando para construir sua casa de dois andares no terreno dado a Evan por seu amigo de toda a vida, Parker Jones. Era bem capaz que o calor batia uns 40 graus todos os dias até que a construção estivesse pronta. Sem trovoadas esporádicas, ou Deus nos livre, dias nublados. Tinha que ser algum tipo de recorde.

— Valeu bem a pena. O lugar perfeito para Evan e você, Whit. — Laney dá um abraço na amiga e recosta a cabeça à dela. — Evan sempre adorou aquele pedaço de terra, e Dale ficaria encantado por ele ter ido parar lá. Aquele pedaço de paraíso campestre foi feito para vocês dois, para começar uma família, e serem felizes para sempre.

— Basta! Nada de baboseiras — Bennett interrompe, interrompendo o momento e ficando de pé.

— É isso aí. — Zach levanta sua cerveja de acordo.

E isso nos leva à última: a Bêbada Zangada. Bennett nunca foi do tipo mal-humorada, mas... como disse antes, ela mudou. Mais do que todos nós juntos. Bennett costumava ser aquela que olhava para aquilo que os outros achavam feio e apontava toda a beleza que não conseguíamos enxergar. A garota caprichosa que fazia do otimismo um hábito. Não mais.

— DJ Laney, coloque algo divertido para dançar ou estou fora! — Bennett manda e Laney cumpre rapidamente. Bêbada ou não, Laney nunca perde uma oportunidade de controlar a música. — Zach — Bennett estende a mão —, venha dançar comigo.

Quando Laney encontra uma canção de que gosta, ela também está lá, dançando ao lado de Zach e Bennett. E, claro, Sawyer se junta a ela assim que Emmett desaba na cadeira ao meu lado.

— O que vamos fazer com eles? — ela pergunta, por trás de uma risada cansada.

Viro a cabeça em sua direção e dou o mesmo sorriso de compreensão que compartilhei com ela muitas vezes antes – nós dois recostados às cadeiras e observando a zoeira de nossos parceiros, um momento familiar.

— O mesmo de sempre, Em. Tentaremos ser a 'voz da razão' primeiro, e quando isso não funcionar, é melhor a gente separar o dinheiro da fiança. Mas, acima de tudo, vamos amá-los.

— Me parece um plano. Um belíssimo plano.

CAPÍTULO 6

CONFUSÕES SEMPRE ME ENCONTRAM

Laney

Ela me enviou três mensagens de texto; uma hora, trinta, e, por fim, quinze minutos atrás. Depois fez com que ligassem para o nosso quarto – duas vezes.

Agora, vou dar um palpite, e dizer que só pode ser ela batendo à porta. Sim, definitivamente ela – a gritaria já no tom agudo e estridente, tipo daqueles apitos de cachorro... O que seria ótimo, porque dessa forma eu não a ouviria de jeito nenhum.

— Amor. — Dane ri. — Eu acho que Whitley pode estar precisando de você para alguma coisa.

— Hmm. — Faço beicinho sob o travesseiro que estou usando para cobrir a cabeça.

Obviamente, estou ciente que ele não está na cama, e nem preciso olhar para saber que ele também já tomou um banho fresco, se barbeou, se vestiu com algum tipo de roupa sensual personificada e leu o jornal inteiro enquanto tomava o café da manhã.

Por que não estamos dormindo nas manhãs em que realmente podemos fazer isso?

— Pode simplesmente abrir a porta e dizer que estou doente? — Não é uma mentira total, minha cabeça e estômago estão brigando pelo posto de "quem me odeia mais" por saciar minha sede de ontem à noite. — Ela bebeu muito mais do que eu, como pode estar acordada a essa hora? — resmungo.

— Laney, é meio-dia. E sua ingestão de álcool não estava associada a uma já terrível aversão às manhãs. Vou deixá-la entrar, prepare-se, raio de sol.

— Laney! — Minha cabeça literalmente se parte ao meio com a saudação dela. Suspeito até mesmo que ela possa estar com um megafone em mãos. E está bem em cima de mim, em vez de estar na sala de estar. — Vamos chegar atrasadas, levante-se! Eu não deveria ser a única preocupada com este casamento!

— Laranja é laranja, Whit! E pelo que ouvi dizer, é a cor tendência e o novo preto também! O mundo pirou geral. — Estremeço; e na mesma hora percebo que gritar de volta pode não ter sido a melhor ideia. — Pode escolher a cor que quiser, que não me importo, prometo. Além disso, tenho que dar uma conferida nos meus pais antes de fazer qualquer coisa de qualquer maneira. Eu só estaria te atrapalhando com meu questionável senso de estilo. — Começo a me levantar, jogando o travesseiro de lado e abrindo os olhos a cada centímetro excruciante.

— Seus pais e eu tomamos o café da manhã juntos esta manhã e agora eles estão fazendo uma excursão de barco. — Sempre útil, Dane entra na conversa com aquele tom pomposo que ele acha que não me faz querer estrangulá-lo enquanto se dirige para a porta.

— Aonde você vai? — Eu me sento e hesito, um choque de dor dilacerante apunhalando a minha têmpora.

— Para qualquer lugar, menos aqui. — Ele volta e se inclina sobre mim, apoiando as mãos na cama, uma de cada lado, e me dá um beijo casto de despedida. — Eu te amo e mal posso esperar pelo casamento, mas não preciso me envolver em cada último detalhe. Você sabe o quanto gosto de um grande e suculento bife, certo? — Assinto com a cabeça, ainda meio adormecida, com esta estranha série de perguntas. — Bem, não preciso vê-los ir ao leilão, comprar, carregar, depois fatiar a vaca para fazer isso.

— Eu também não — sibilo, irritada, esperando que Whitley não escute, e que ele tenha piedade e não me deixe presa com essa Noivazilla.

Com esta última frase, só o que consigo é uma risada espontânea da parte dele e outro beijo condescendente na testa.

— Seja legal, ela se esforçou pra caramba neste casamento. Poupou-lhe muito mais dor do que infligiu.

— Não encomendamos o pacote completo de casamento?

— Encomendamos. Vou deixar você perguntar a ela sobre isso. Não sei como essas coisas funcionam.

— Aparentemente, eu também não.

— Tão mal-humorada quando você acorda. — Ele ri de mim novamente e me beija na testa. — Vejo você mais tarde, amor.

— Boa sorte — ouço-o murmurar para Whit quando está saindo.

— Eu tenho tempo...

— Não — ela me interrompe, marchando até o meu quarto e até a cômoda, abrindo gavetas e atirando roupas na minha direção.

— Pelo menos posso...

— Não, apresse-se, já estamos atrasadas. Uma das primeiras coisas que Pablo me disse foi que ele aprecia a pontualidade. Você arruinou isso! — Um rubor intenso floresce sobre seu rosto enquanto ela cruza os braços, batucando os pés como uma diva irritada. — Mas tudo bem, vou dar uma explicação plausível, e rezar para que ele nos perdoe.

Ah, você só pode estar de sacanagem comigo! Será que essas lágrimas estão brotando em seus olhos? Reviro os meus enquanto me apresso a trocar de roupa; tão rápido quanto o meu estado de ressaca permite.

Quero dizer, Deus nos livre de mantermos o precioso Pablo esperando. Como se não fôssemos nós pagando o cara, ou algo do tipo.

Cerca de duas – se eu tivesse que adivinhar, *horas* mais tarde –, até que, por fim, consegui respirar fundo.

Não sei onde o pessoal está ou o que eles podem ou não ter planejado. Não faço ideia do paradeiro do meu celular. Não tenho a menor preocupação sobre que horas são ou se um grupo de busca foi ou não enviado à minha procura.

Paraíso. Só eu, minha espreguiçadeira à beira da piscina, o livro que ainda não abri, e uma bebida refrescante sobre a mesa ao lado.

Eu tinha conseguido "escapar" da Whitley em algum momento entre a escolha das toalhas de mesa cor marfim *versus* amarelo-casca de ovo, e saí apressada como um fugitivo procurado para se esconder.

Em seguida, troquei minhas roupas por um biquíni, um grande chapéu de abas largas e maleáveis e óculos escuros em tempo recorde, sem me esquecer de pegar meu romance, claro, e, só então, discretamente fui para a piscina.

E tenho estado aqui desde então.

O fato de ninguém ter me encontrado ainda só pode ser algum tipo de intervenção divina; a recompensa pelo que somente Deus sabe quantas perguntas tortuosas tive que suportar, com interesse e sorriso fingido, de Whitley e Pablo. Uma dupla perigosa.

Minha teoria é que Whitley está usando este casamento para liberar toda a energia reprimida que não pôde despejar no seu próprio. Ela e Evan se casaram no celeiro de Parker. Sério, tenho que deliberar entre velas flutuantes ou de gel por mais tempo do que um debate sobre ser ou não doadora de órgãos, mas as pessoas se sentaram no feno e se esforçaram para ouvir o celebrante por cima dos cavalos relinchando em seu casamento! No entanto, foi lindo, e eu achei perfeito. Mas agora suspeito que foi mais um sacrifício da parte de Whitley, porque era o que ela sabia que Evan queria.

E agora eu me sinto culpada por não satisfazer seu entusiasmo com um pouco mais do meu próprio entusiasmo.

E sinto culpa pelo meu desaparecimento súbito também.

Mas não o suficiente para tirar o meu traseiro desta cadeira. Não vamos perder a cabeça nem nada.

Justamente quando me viro de costas, o carma me engolfa como uma sombra.

Talvez, se eu ficar bem quietinha, eles não me vejam e vão embora.

— Você pode poupar essa encenação fingida do sono, sou só eu. — Suspiro mais do que aliviada ao ouvir a voz de Bennett e ergo um pouco os óculos escuros. Ela está de pé na minha frente, com um sorriso debochado. — Você está se escondendo em geral, ou apenas da Whitley especificamente?

— Shhh. — Franzo o cenho, tentando o máximo possível imprimir uma expressão de repreenda; porém, sou uma farsa. — Se você disser em voz alta, vai *realmente* me tornar uma amiga ingrata e horrível. Por isso, vou fingir que não ouvi sua pergunta. — Fecho e reabro os olhos, abanando a cabeça e sacudindo os ombros, em um clássico sinal de surpresa. — Ei, Bennett, como está seu dia? Quer pegar alguns raios solares comigo?

— Bem — diz ela, com a voz arrastada, posicionando a espreguiçadeira ao lado da minha. Seu semblante também demonstra que não está de fato relaxada. — Eu tenho uma ideia melhor. — Com os tornozelos cruzados, um pé balançando sem parar, ela morde o canto do lábio.

— Eu já sei, seja lá o que está prestes a dizer, minha resposta deve ser um automático e inequívoco "não".

— Mas você ainda quer ouvir, não quer? — Ela sacode as sobrancelhas, a personificação do diabo.

Finjo estar contrariada, soltando um suspiro audível e desanimado (para que quando tiver que afirmar que realmente briguei com ela mais tarde, eu não me sinta tão culpada).

— Acredito que sim, diga lá.

Ela está balançando a cabeça antes mesmo de começar a falar:

— Acho que podemos sair do resort, para explorar a cidade, fazer algumas compras! Um dia de garotas!

— Uhum, um plano sensacional, B. Tenho certeza de que Dane não vai dar muita importância ao fato de somente nós, as garotas, vagando pela Jamaica sozinhas.

— E se prometermos trazer um pouco de maconha pra ele? Ouvi dizer que não é difícil arranjar por aqui.

— Sim, por que eu não pensei nisso? — rebato, com sarcasmo, revirando os olhos ao mesmo tempo. — Contanto que a gente assegure que vamos parar e confraternizar com os traficantes locais, tenho certeza de que isso o deixará à vontade. Colabore *comigo*, Bennett, não contra mim.

Com um gesto nada menos que catastrófico, ela se joga de costas na espreguiçadeira, abanando os braços para lá e para cá.

— Uma tarde! Acho que podemos conseguir! Chocante, eu sei, mas tenho vivido todos os dias por mim mesma, como uma adulta totalmente funcional!

— Calma lá, Ben — murmuro, em um tom muito mais amigável do que realmente me sinto. — Não quero ser insensível às diferenças em nossas vidas, por ter uma pessoa importante ao meu lado e que cuida de mim, mas também não vou ficar calada enquanto essa pessoa é duramente criticada. — Talvez pudéssemos...

— Eu cuido disso — ela me interrompe, digitando às pressas em seu celular.

Suportar

CAPÍTULO 7

NÃO SOU FÃ DE EXCURSÕES

Dane

Depois de uma partida de golfe, todos nós pegamos uma mesa no bar para tomar uma cerveja. O que se transformou em uma rodada de várias cervejas. A espuma da minha gelada nem tinha assentado ainda quando Beckett grunhiu em alerta.

— Ah, merda, olha quem está chegando.

Eu me viro para seguir o olhar de Sawyer para o que, ou quem, causou sua reação, mesmo sabendo que não é a minha mulher se aproximando. Estou bem ciente de onde Laney está, e que ela está bem, e tenho certeza de que minha mulher está se sentindo melhor agora do que se sentiu durante o dia inteiro. Apesar de sua tentativa débil de se esconder de Whitley sob um enorme chapéu e óculos escuros, além de se misturar com a multidão na piscina... eu a encontrei. Eu sempre a encontro.

Laney nunca "se mistura," e é mais sexy ainda o fato de ela estar alheia a isso.

Parece que falei cedo demais. Nosso esconderijo pós-jogo está sendo infiltrado pelas mulheres, Laney incluída na turma.

— Que diabos, mulheres? — Sawyer, obviamente não querendo transar tão cedo, questiona.

— Calminha aí, *Fagger*[2] Vance — Laney dispara, de pronto. Não sou o

---

2   N.T.: A autora faz um trocadilho com o nome do personagem Bagger Vance, interpretado por Will Smith no filme "Lendas da vida", como é explicado mais abaixo. A tradução do termo não encaixaria com a brincadeira proposta.

único que está morrendo de rir, Evan está espirrando a bebida que havia acabado de tomar para todos os lados.

— Caramba, Laney, muito bem! — Zach levanta a mão para um *high five* com ela. — Bem que eu queria ter pensado nisso primeiro.

Sawyer olha para todos ao redor, confuso.

— Era para eu entender?

— *Bagger* Vance, o filme sobre o golfista? — explico.

— Ah, sim! Merda, essa *foi* boa, Gidge. — Sawyer sorri, o olhar expressando respeito pela grande sacada.

— Obrigada. — Minha garota faz uma reverência e depois se acomoda no meu colo. — Você se divertiu? — ela me pergunta.

— Sim.

— Venceu? — Estou surpreso que essa não tenha sido sua primeira pergunta.

— Nós ganhamos, Zach e eu.

— Bom garoto. — Ela não faz nada para esconder o orgulho ao ronronar antes de depositar um beijo estalado na minha boca. Sua competitividade não se limita a si mesma; ela adora quando seu homem derrota os outros do grupo. Eu me preocuparia se fosse pouco saudável... se sua reação não fosse tão atraente.

— Enfim. — A voz de Bennett se eleva, fazendo com que Laney se assuste e interrompa nosso beijo. — Temos que ir andando, está ficando tarde. Senhoras, Zach, vocês estão prontos?

— Prontas! — Whitley está a seu lado em um piscar de olhos, radiante. Seguida por Emmett, dando a Sawyer um rápido aceno. E, por último, Zach acaba com sua cerveja e fica de pé.

Todos eles agora olhando para Laney com expectativa.

Eu sou a única pessoa aqui que não sabe o que está acontecendo. *Isso*, eu sei sem a menor dúvida.

Laney ainda está no meu colo, esperando que eu pergunte, e eu estou esperando que ela me diga.

E Sawyer está sorrindo de orelha a orelha, muito entusiasmado com o drama prestes a se desdobrar; parece que nem tem um pau entre as pernas.

— Ah, não, por favor, permita-me — Bennett bufa, revirando os olhos com um brilho que coloca a revirada de olhos de Laney no chinelo. — Dane, vamos fazer excursões, compras, todas as garotas. E antes de revelar seu lado alfa, mandão, superprotetor, Zach — ela envolve a mão ao redor de seu braço e dá um sorriso de satisfação — concordou em vir com a gente. Então, estamos seguras.

Zach vai com elas?

O que aconteceu com toda a programação dele de "garotas exóticas na piscina?" Dezenas de mulheres seminuas, de pele bronzeada, saltitando por aí e convidando-o para nadar e... ele está se oferecendo para ser acompanhante de expedições de compras com quatro mulheres com as quais ele não tem nenhuma chance?

E onde diabos eu estava na fase de desenvolvimento deste plano?

— O estrago está feito então. — Sorrio, confiante de que meu próximo argumento não falhará. — Se já tem um homem acompanhando, o que é mais um na equação? Vamos, amor. — Ajudo Laney a descer do meu colo para que eu possa me levantar, e em segundos ela começa a me arrastar para longe do grupo.

— Amor. — Ela descansa uma mão no meu peito e me encara com os olhos arregalados e suplicantes. — Bennett quer fazer algo apenas com suas amigas. Bem, e Zach, porque sabíamos que estaríamos mais seguras levando um cara, mas ele não faz parte de um casal. Às vezes, se torna difícil para ela... todos nós *juntos*, e ela, sozinha.

Como posso argumentar contra isso?

— Eu ficarei bem. — Ela acaricia minha bochecha e dá uma risadinha de deboche. — Você se preocupa demais.

— Fique perto de Zach, certo?

— Prometo.

Com um suspiro de derrota, seguro a mão dela e voltamos para onde estão nossos amigos, nem um pouco entusiasmado com toda essa ideia de meia-tigela.

— Zach, são quatro mulheres. Você tem certeza de que consegue lidar?

— Você sabe muito bem que nem precisa me perguntar isso. Agora, se me dão licença, preciso fazer minhas compras. Senhoras... — Zach estende um braço para afastá-las. Laney mal se detém para me dar um beijo rápido antes de entrar na fila.

Assim que ficam fora de vista, eu me viro e pergunto sobre o assunto a Sawyer e Evan, que continuam bebendo suas cervejas como se não fosse nada, como se não fossem nossas mulheres vagueando por uma cidade desconhecida.

Sawyer abre a boca para me esclarecer, mas Evan o impede antes que ele pudesse soltar qualquer pérola.

— Deixe-me tratar disso. Dane, eu te entendo, lugar estranho, eles podem se perder ou o que quer que seja, eu entendo. Mas Zach é mais do que capaz de cuidar delas, e elas são mulheres adultas. Não posso exatamente proibi-las. Se estivéssemos no Kuwait, eu concordaria com você. Mas nós não estamos. Portanto, tente relaxar. Sente-se, eu te pago uma cerveja.

Incapaz de resistir, Sawyer tem que ter a última palavra.

— Veja o lado bom, Kendrick. Das quatro mulheres, a sua, definitivamente, tem as melhores chances na briga de rua que você está imaginando. Droga, a minha só tem um sorriso doce e uma personalidade calma em seu arsenal. E a de Evan? Ela vai tentar cantar para fazer os bandidos dormirem.

— É por isso que eu pedi que você me deixasse cuidar disso — Evan resmunga e balança a cabeça. — Você é tão útil quanto as tetas de um javali.

Quatro horas mais tarde e eles ainda não voltaram. O celular de Laney está na mesa de cabeceira ao lado da nossa cama, então sei o porquê de ela não atender minhas ligações ou responder as mensagens de texto. E não tenho certeza se Bennett e Zach estão com seus celulares, mas mesmo que estejam, estou bem ciente de que eles não me responderiam, para me lembrar de forma passiva-agressiva que eles acham que sou muito superprotetor com a Laney. O silêncio de Emmett e Whitley? Não faço a menor ideia.

Mas estou farto de ficar aqui sentado, sem fazer nada para resolver o problema.

Felizmente, quatro horas e nenhum retorno de chamadas ou mensagens de texto foi suficiente para converter Sawyer e Evan ao meu modo de pensar também.

— Rastreie o GPS em seus celulares — digo aos dois, enquanto entramos no táxi. — Não custa nada tentar.

— O quê? — Evan ri.

— O quê, o quê? — Olho para ele, irritado, como se ele estivesse perdendo tempo. — Rastreie. O. Celular. Da. Whitley. — Eu só paro de incluir gestos de condescendência conforme me repito.

— Tenho que dizer, nunca pensei que esta fosse uma frase que eu tivesse que dizer, mas, não tenho um rastreador no celular da Whit, cara. — Ele olha para mim, abismado, como se achasse que eu fosse louco.

— Não olhe para mim, seu maluco de merda. Eu nem sei o número da Emmett. Eu só aperto no nome dela que ela programou no meu celular — acrescenta Sawyer. — Essa porra de celular é como trabalhar num programa da NASA. Você tem sorte de eu saber como ligá-lo.

Então este é o nosso plano? Os três sentados no banco de trás de um táxi como os Três Patetas do caralho, sem saber indicar ao motorista para onde deveríamos ir?

Sim, não consigo pensar em nenhuma razão pela qual não vá funcionar.

Exceto pelo fato de que nossas mulheres estão desaparecidas, na JAMAICA, e de repente, ninguém sabe como mexer em um maldito celular e não há nem espaço o suficiente neste banco de trás para nós três.

Alguém pronto para começar a fazer as coisas do meu jeito, *pela primeira vez?*

Podem me chamar de superprotetor.

Podem me chamar de louco.

Mas, pelo menos, eu atendo quando me ligam!

Uma ideia me vem à cabeça. Talvez...

— Você pegou qualquer outro grupo aqui hoje? — Eu me inclino para frente e pergunto ao motorista.

— Sim. — Ele assente com a cabeça, respondendo com um sotaque carregado.

— Eram quatro mulheres, uma de cabelo ruivo, uma morena e duas loiras? E um cara loiro grandalhão?

— Sim. — Ele balança a cabeça de novo, depois se vira com um sorriso largo... e estende um baseado. Percebo que provavelmente pareço ter que me acalmar, mas...

— Você ofereceu a eles um baseado? — interrogo, enquanto Sawyer estende a mão e o pega.

De novo com o "sim". A esta altura, não tenho certeza se ele está completamente chapado, realmente me respondendo ou simplesmente repetindo a única palavra que ele sabe dizer.

— Eles aceitaram? — Evan pergunta ao infeliz.

— Sim.

Certo, agora realmente espero que seja a última.

— Você pode nos levar até onde os levou? — Tenho uma nota de cem dólares americanos, e ele está soltando o ar pela boca enquanto a agarra.

Uma viagem de táxi mortal mais tarde e eu respiro pela primeira vez em dez minutos quando meus pés, abençoadamente, tocam o chão.

Leva menos de um segundo para deduzir que respirei cedo demais. Minhas mãos cerram em punhos e minha raiva ameaça ferver até o limite à medida que observo as cercanias. Evan ou sente a mesma coisa, ou percebe as vibrações perigosas que emanam de mim, porque ele é rápido para empurrar meu ombro.

— Vamos começar por aqui, não vamos encontrá-los ficando aqui parados. Sawyer, vamos lá.

Bem, não me sinto estúpido por estar preocupado? Esta área não é nem um pouco suspeita. E daí se nos ofereceram maconha meia-dúzia de vezes e um trio de boquetes pelo preço de um nos primeiros vinte minutos de nossa busca... Parece totalmente lícito, certo?

— Anime-se, Kendrick. Você é um homem de negócios, e deveria apreciar que ela ia nos dar um bom negócio. — Sawyer tenta se valer de um tom sarcástico muito inoportuno.

Eu perguntaria se ele estava chapado, mas já sei a resposta. Sim, ele tinha parado alguém na rua para pedir um isqueiro emprestado para poder fumar o baseado que arranjou com o taxista. Bem, *tentar fumar*, devo dizer. Duas tragadas e ele já estava clamando por misericórdia, atirando a porcaria no chão.

— Sawyer, já chega. — Evan sorri para mim. — A situação agora é séria, até eu estou ficando preocupado, o que significa que Dane está a cerca de cinco segundos de surtar geral. Isto não é seguro e precisamos encontrar as garotas. Então ajude, ou cale a boca.

— Caramba. — Sawyer esfrega o rosto com a mão. — Você está certo, desculpe. Okay. — Ele bate palmas, tentando se convencer de que, de repente, está sóbrio. — Vamos lá, então, qual é o plano?

— Continuamos caminhando. Somos três, então usamos isso a nosso favor e não deixamos passar nada. Vou verificar dentro dos lugares por onde passamos. Evan, você vigia o outro lado da estrada e se certifica de que eles não passem por nós voltando por onde viemos. Fumacinha, você fica de olho nos táxis, caso eles se enfiem dentro de um. E todos continuam tentando seus celulares. — É o melhor plano que tenho, e até eu sei que é um plano bosta.

Envio novamente uma mensagem ao grupo, com tanta raiva que mal consigo digitar.

> Eu: Juro por Deus, se algum de vocês estiver vendo essa mensagem e ignorando deliberadamente... Onde vocês estão, caralho? O resto de vocês pode fazer o que quiser, mas me digam onde a Laney está agora.

> Evan: Whitley também. Já passou dos limites.

Olho para Evan, um pouco chocado. Não é comum alguém nos encontrar do mesmo lado de um problema, mas é ainda mais raro ele entrar voluntariamente em um grupo de mensagens para se manifestar.

Ele deve perceber a surpresa estampada em meu rosto.

— Estou com você nessa. Eles fizeram uma merda real.

— Eu também, Kendrick. Não tenho certeza do que eles estão fazendo aqui, mas assim que eu parar de enxergar dobrado, e houver apenas um de vocês, eu concordo com ele.

Maldito Beckett.

CAPÍTULO 8

AGORA A CONFUSÃO ME ACHOU... QUE MARAVILHA!

Laney

Enquanto estou sentada neste bar, tentando ignorar a onda de pavor em meu estômago, uma lembrança aleatória vem à minha mente.

No ensino médio, Kaitlyn me colocou em uma situação semelhante à desta noite... e seu plano também não funcionou. Nós dormiríamos na casa dela naquela noite e seus pais nos disseram para voltar da festa na fogueira de Parker à meia-noite.

Nós duas ficamos presas à música, aos nossos amigos, e perdemos a noção do tempo. Quando conferi o horário no meu celular e vi que faltavam dez minutos para meia-noite, entrei em pânico, agarrei Kaitlyn pelo braço e a arrastei para o carro dela. E, então, ela parou, como se não tivesse uma preocupação no mundo, e disse:

— De jeito nenhum chegaremos em casa a tempo agora. Já estamos atrasadas e encrencadas, mais vale ficar e nos divertir o máximo que pudermos. Vamos fazer valer a pena.

Era uma teoria idiota na época, e uma completa estupidez agora.

Fazer compras e almoçar foi divertido, realmente tivemos uma tarde muito boa, aproveitando todos os pontos turísticos, sons e atmosfera despreocupada que a Jamaica tem a oferecer, mas agora... não tanto assim. Claramente, Bennett tinha feito algumas mudanças de última hora em nossos planos e esqueceu de passar o memorando para o resto de nós. Porque quando todos nós concordamos em parar e descansar os pés tomando uma bebida, deixei passar batido a parte final nem um pouco bacana em que eu,

Whit e Emmett concordaríamos em ficar no canto por quase duas horas enquanto Bennett dançava a noite toda.

Este bar é, na melhor das hipóteses, modesto, e Bennett nem está mais passando tempo conosco, mas estou tentando desesperadamente me agarrar à minha última gota de paciência e apoiar minha amiga. Sei que ela se cansa de estar constantemente na companhia de todos os casais, por isso ainda estou tentando manter um sorriso no rosto e minha bunda grudada à cadeira.

Mas não sou uma completa idiota.

— Whitley, posso ver seu celular? — Estendo a mão e fico à espera.

Eu tinha deixado o meu no quarto, e por mais que preferisse ser forçada a ouvir *"Uptown Funk"* em repetição ininterrupta do que o sermão que tenho certeza de que Dane preparou, sei que já passou da hora de dar notícias a ele. Se *eu* estou me sentindo ansiosa, cansada de quanto tempo estivemos fora, não há dúvida de que Dane está prestes a pirar.

— Está sem bateria. — Whit franze o cenho, seu incômodo não corresponde à mesma intensidade do meu... porque nunca corresponde, mas posso dizer que ela também já está farta de toda a diversão. — Vamos apenas dizer a Zach que estamos prontas para ir.

Zach arrasou demais hoje, todas nós quatro sempre na sua mira, carregando nossas sacolas, ele até pagou pelo almoço. Mesmo agora, ele está a apenas alguns metros de distância, mantendo-se perto de nossa mesa, mas seu olhar está concentrado, e quero dizer, fixado tipo aquelas miras de raio-laser, em Bennett, dançando com um cara que se aproximou dela assim que entramos no bar. E eu ainda não tenho certeza de quem seja, mas seu parceiro de dança me parece familiar.

— Sim, veja se você pode trazê-lo até aqui e dizer a ele, mas ainda preciso dizer a Dane que estamos bem — concordo com Whitley e depois recorro à Emmett. — Em? Celular?

E na forma clássica de Emmett, ela morde o canto do lábio e hesita, dando-me um olhar carregado de culpa.

— Bennett pediu para não falarmos com os meninos, lembra? Se ligarmos para eles, a noite dela acaba e nós quebramos uma promessa. Não deveríamos deixá-la se divertir um pouco mais?

— Em, você é uma boa amiga, mas também não é justo com os rapazes deixá-los preocupados por tanto tempo. Não estou dizendo que Bennett tem que ir embora, ela pode ficar a noite toda se quiser. Tenho certeza de que Zach vai ficar com ela. Mas estou cansada e, sinceramente, não me sinto mais confortável ou segura. Vou apenas dizer aos rapazes que estamos bem, e se Bennett não estiver pronta para ir, então pedirei que eles venham nos buscar. Estamos apenas sentadas aqui de qualquer maneira, e não sei quanto a vocês, mas tenho medo até de encostar meus cotovelos em qualquer superfície. Agora, me entregue seu celular, por favor.

Eu só acrescentei o "por favor" por educação. Estou dando a ela cinco segundos para cooperar antes de arrastá-la por sobre esta mesa e arrancá-lo de sua pessoa.

Por mais tranquilas que elas estejam tentando transparecer, não sou besta, e Emmett e Whitley falham em esconder seu alívio. Elas sabem tão bem quanto eu que ambas têm esperado impacientemente que *eu* tome as rédeas e ache uma saída. *Bem, não desejem mais, senhoras, estou disposta a fazer o papel de vilã da vez.*

Mas Emmett não conseguiria dormir hoje se não tentasse ao menos uma última vez negociar:

— Contanto que digamos a Zach que estamos prontas primeiro e vejamos o que ele tem a dizer; não é realmente justo deixar os caras irritados com ele, como se ele nos obrigasse a ficar ou nos ignorasse, quando não dissemos nada.

— Concordo. Zach! — grito, percebendo que a voz "alta" de Whitley ainda não chamou sua atenção por causa do barulho. Ele não fez nada de errado, e eu, com certeza, não quero que os outros caras o culpem erroneamente.

Minha boca grande é mais do que suficiente e ele se vira na mesma hora para nós e volta à mesa, mas mantendo os olhos em Bennett o tempo todo. O que me faz sentir melhor, ao menos um pouco. Ele realmente é capaz de vigiar dois lugares ao mesmo tempo.

— Vocês estão bem, meninas? — ele pergunta.

— Sim e não. Quero dizer, estamos respirando e tudo mais, não estamos no fundo de um barco sendo traficadas como escravas sexuais, então, sim. Mas estamos prontas para ir embora, então, não. E estou disposta a apostar que Dane atingiu seu limite em relação à nossa ausência.

— Muito bem, vocês três fiquem aqui e eu vou dizer à Ben que estamos de saída. Por que você não manda uma mensagem para Dane? Eu, hmm... acho que perdi o meu celular ou já teria mandado. — Ele dá tapinhas nos bolsos enquanto se enrola na explicação.

Ele está mentindo. E a estreita margem de conforto em que eu estava me

Suportar

agarrando firmemente por causa da sanidade desaparece... Alguém roubou seu maldito celular! Eu o encaro com os olhos entrecerrados, sacando na hora sua mentira deslavada, e ele evita o contato visual de imediato.

Hum-hmm. Definitivamente roubado.

— Ótima ideia. — Dou um sorriso, como se a ideia, de fato, tivesse sido dele. — Você vai atrás da Ben, eu mando uma mensagem para Dane — Espero ele se afastar, e só então olho para as garotas. — Okay, até Zach disse que eu deveria mandar uma mensagem para eles. Todos se sentem bem com o plano agora? — Estendo a mão para Emmett.

E enquanto Whitley diz que sim, Emmett concorda colocando seu telefone na palma da minha mão.

> Emmett: Oi, é a Laney. Deixei meu celular no resort e sabia que você estaria furioso. Nós estamos bem, estamos voltando.

Eu deveria ter enviado uma sequência de bandeirinhas brancas. Tem um *emoji* para isso? Porque eu *sei*, que mesmo que ele não esteja furioso, ele está muito *além* de um tanto quanto infeliz. Não que eu possa culpá-lo. A Jamaica é linda e as pessoas não poderiam ser mais amigáveis; sério, as acomodações oferecidas, *bem na calçada*, aumentam o leque de opções... Mas estar aqui fora à noite, não familiarizada com a área, me deixa apreensiva. Então, quando ele vier com esse mesmo raciocínio, eu sequer serei capaz de me justificar com um argumento válido.

> Dane: Onde você está, precisamente?

— Hmm, alguma de vocês sabe o nome deste lugar? — pergunto.

— Por quê? — O tom de Whitley reforça minhas próprias suspeitas repentinas.

— Por nada não, Dane estava querendo saber.

> Emmett: Não sei ao certo, por quê?

> Dane: Por quê? O que você acha?

> Emmett: Você não precisa vir nos buscar. Nós estamos voltando. Chegaremos aí mais rápido do que você poderia nos encontrar de qualquer forma.

> Dane: Não esteja tão certa disso. Agora, onde você está?

— Alguma coisa? Gente, qual é o nome? — Minha voz está estridente e estou começando a suar em lugares secretos.

— Tem o nome de um pássaro, não é? Pelicano? Flamingo? — Emmett balbucia.

— Cegonha? Águia? — *Okay, Whitley está apenas falando nomes aleatórios de aves agora. Não ajuda em nada.* — Quer que eu vá lá fora olhar o nome na fachada?

— Não! — Em e eu gritamos em uníssono.

> Dane: Tô esperando...

Ah, ele vai amar tanto essa resposta.

> Emmett: Nós achamos que é o nome de um pássaro, talvez Flamingo? Tem um cara baixinho tocando um tambor de aço na calçada e camisetas penduradas numa espécie de toldo.

> Dane: Não se mexa, porra.

Psshhh, como se eu fosse para algum lugar.

— Eles estão vindo para cá, não estão? — Whitley pergunta, só para descarregar um pouco de seu nervosismo, porque ela já sabe muito bem a resposta.

— Sim. — Pulo da cadeira, vasculhando a pista de dança com o olhar. — Tenho certeza de que eles já estavam a caminho. Devem entrar pela porta a qualquer minuto. Portanto, senhoras, as bombas já tinham sido detonadas *antes* do grande debate sobre mandar ou não a mensagem.

Chega de conversa fiada, preciso fazer sinal para Zach e avisá-lo o mais rápido possível. Eu me apoio no degrau inferior da minha cadeira e agito os braços como uma lunática enquanto grito seu nome. Pouco antes de distender o músculo do braço, ele nota e acelera seus passos em nossa direção, arrastando uma Bennett carrancuda atrás dele.

— Estamos prontos, vamos — ele grunhe por cima da bufada de Bennett.

— Tarde demais. — Dou de ombros, olhando para qualquer lugar menos para ele. Sinto-me mal pra caramba; se eles já estavam nos procurando, significa que já estão putos... e Zach não merece nada disso. — Os rapazes estão a caminho, querem que fiquemos aqui.

— Maravilha! — A cara emburrada de Bennett se transforma em um enorme sorriso. — Vou dançar um pouco mais então.

Não tenho a chance de dizer a ela o quão "maravilhoso" isso não é, ou que talvez ela devesse ficar por perto para sofrer junto um pouco da fúria deles como nós, antes de ela sair, indo direto para o mesmo cara alto e muito bonito com quem tem dançado a noite toda.

Estou me esforçando muito para não pensar que ela está sendo insensível. *Ela não quer dizer nada com isso*, lembro a mim mesma, pois Bennett nunca trataria mal, intencionalmente, nenhum de seus amigos. Ela está solteira há tanto tempo, que em sua mente sequer passa a consideração que se tem com um parceiro, evitando preocupações desnecessárias.

— Eles estão putaços? — Zach pergunta para mim, mas observa Bennett.

Nessa treta, eu também não me intrometi ainda. Naturalmente, Zach e Ben sempre tendem a gravitar um ao redor do outro, pois os dois são os únicos no grupo que não fazem parte de um casal, mas há algo de diferente no ar entre os dois, e tem ficado mais evidente desde que a pequena aventura de hoje começou.

— Laney? — ele pergunta, novamente, interrompendo meus pensamentos curiosos e divagantes.

— O quê? Ah, sim, claro, Dane... — Eu paro... e decido deixar o homem transtornado que acabou de entrar no bar responder por si mesmo.

Bem, isto será interessante.

Mas em uma observação mais extrovertida, vejo que Sawyer notou as camisetas do lado de fora. Embora, não tenho certeza de que usar a roupa *tie-dye* em volta da cabeça como uma bandana seja seu melhor visual.

E Evan; não tenho certeza se a preocupação estampada em seu rosto é sobre o nosso desaparecimento... ou sobre nós sermos encontrados.

— Ei. — Zach se vira para cumprimentar os três enquanto eu me mexo em meu assento, o olhar furioso de Dane cravado no meu. — Nós estávamos prestes a voltar. Como vocês chegaram aqui tão rápido?

— Seu celular está quebrado? — Dane o fuzila com o olhar, dando um passo para cima de Zach, e ignorando sua pergunta.

— Amor. — Eu pulo e dou a volta na mesa, me enfiando entre os dois.

— Não fique zangado com o Zach. Não lhe pedimos para sair até pouco antes de te enviar a mensagem, o que ele também sugeriu. O celular dele, hmm, desapareceu, e você sabe que não estou com o meu aqui.

O coração de Dane está martelando contra a palma da minha mão apoiada em seu peito. Ele olha para mim, os olhos silenciosamente me dizendo que nenhuma quantidade de desculpas esfarrapadas vai acalmá-lo no momento, e depois encara Zach.

— *Alguém roubou seu celular?* — ele pergunta, com um sarcasmo subjacente.

Olha aí, eu não deveria ter feito contato visual com ele, mesmo que o olhar dele estivesse entrecerrado, em suspeita, e o meu tão trêmulo por ser óbvio demais. Seja como for, ele pode ler o meu olhar como se fosse um livro aberto.

É uma coisa estranha de transferência, não tão fenomenal quanto inconveniente em nossa situação atual. Eu capto o que Zach não está dizendo, então, basta um olhar de novo para Dane, e ele fica sabendo de tudo.

— Você é *roubado*, e nem passa pela sua cabeça algo do tipo: "talvez eu devesse tirar as mulheres daqui? Porque, sei lá, elas também podem ser roubadas! Ou, alguém poderia levá-las?"

Mayday. Indo de mal a pior na velocidade da luz.

Eu começo a intervir novamente, mas Zach não está cedendo, rosnando de novo para Dane acima da minha cabeça.

— Eu não disse que foi roubado, eu posso tê-lo colocado em algum lugar. E como você pode ver, todo mundo está aqui, *ninguém foi levado*. — Essa última parte ele diz com um tom de escárnio, obviamente pensando que Dane está sendo ridículo demais agora. — Você precisa se acalmar, cara.

— Cinco pessoas e nenhum de vocês tem um celular funcionando, *e em mãos?* — A voz de Dane vibra com intensidade e ele passa ambas as mãos pelo cabelo. Envolvo meus braços em torno de sua cintura, desesperada para acalmá-lo, quando Evan tem o bom senso de redirecionar a conversa.

— Whit, por que você não ligou? — Evan pergunta, com gentileza, com o braço ao redor de seu ombro, aparentemente não tão preocupado com o fim do mundo como algumas pessoas.

Eu dirijo meu olhar para Sawyer bem rápido, me perguntando sobre sua reação a tudo isso... E gostaria de não ter feito isso.

Sawyer não está bravo.

E Emmett pode acabar realmente engravidando após seu reencontro.

Zach responde a Evan, mas a raiva contida é destinada exclusivamente a Dane.

Suportar

— Porque ela estava fora com seus amigos, se divertindo, e sabia que estava segura comigo! Eu entendo que um de nós deveria ter ligado, mas supera essa porra. O próximo de vocês que *ousar insinuar* que eu não cuidaria dessas garotas com minha vida vai levar um murro, caralho. Elas não estão desamparadas, nem têm 3 anos de idade, e vocês estão começando a me irritar pra cacete.

Evan também está interessado em saber com quem Zach está realmente falando. Com um sorriso amplo e uma resposta leve, ele diz:

— Você está absolutamente certo, cara. Tudo está bem agora, obrigado por cuidar delas. Então, estamos prontos para ir? Onde está Bennett?

— Dançando — Zach resmunga, gesticulando com a cabeça na direção do local onde ela está, parecendo mais chateado com isso do que com Dane.

— Puta merda! — Todas as cabeças se voltam para Evan após sua explosão de entusiasmo. — Você sabe com quem ela está dançando? — ele pergunta a todos, mas arqueia uma sobrancelha para mim, e isso me mata, já que não posso disparar a resposta para apagar aquela arrogante zombaria em seus olhos. — Shane Holloway, terceira base para os Pharaohs.

Eu *sabia* que ele parecia familiar! Porcaria, eu sabia essa!

— Não brinca? — Sawyer resolve aparecer após tomar um ar, ou talvez Emmett estivesse precisando de um pouco, e se junta à conversa. — Deixe comigo, pessoal, eu vou me juntar à Bennett. — Ele estufa o peito e apruma os ombros, abrindo caminho pelos corpos dançantes.

Como se Sawyer já tivesse ficado parado para assistir um jogo de beisebol inteiro em sua vida! Mas que vagabundo sedento de glória esse mané é.

Evan resmunga e coça o queixo.

— Todos sabem que ele vai nos fazer passar vergonha, certo?

— Claro que não — Dane caçoa. — A única questão real é se vai levar mais ou menos tempo do que o normal para que seu traseiro chapado cause uma cena.

Emmett solta um suspiro.

— Seu traseiro *o quê*?

— Ah, sim, tão alto quanto uma pipa — Evan confirma com uma risadinha.

Bem, é claro que Sawyer está chapado. Já existiu alguma dúvida de que Sawyer viveria do infame lema *"Quando em Roma"*?

— Você *está* drogado? — Olho para Dane, procurando nos olhos dele por qualquer evidência.

— Ah, amor — ele rosna, olhando para mim antes de dar uma piscadela. — Quem me dera. Não, Laney, estou perfeitamente sóbrio e ainda estou puto pra caralho.

Eu sei que não devo estremecer, e meus dedos dos pés não devem se contorcer ante seu tom de advertência feroz. Também devo lembrá-lo que sou uma mulher adulta, que pode fazer o que lhe agrada e não se importa com ameaças.

Mas, puta merda, nem me lembro de qualquer argumento desses, de repente, mais pronta do que nunca para voltar ao resort, e para nossa cama... com meu Homem das Cavernas enfurecido.

— Compreensível. — Engulo em seco, dando um passo à frente para conectar cada centímetro do meu corpo ao dele. — Afinal de contas, tenho sido uma garota muito má.

CAPÍTULO 9

DIVERSÃO EM ÁGUAS PROFUNDAS

Dane

Os pais de Laney haviam conseguido, de alguma forma, permanecer bastante isolados, entretendo-se na viagem até o momento. E não que eu me importe com a companhia deles, mas no único dia em que consigo dormir por mais tempo, eles estão à minha porta às 8 da manhã discutindo alto um com o outro sobre se é ou não muito cedo para nos acordar. Discussão resolvida. Não só nos acordaram de fato, mas se Laney – cuja legenda deveria vir logo abaixo como "pessoa nem um pouco matutina" — está pulando por conta do volume de suas vozes, todos na Jamaica devem estar acordados agora também.

Não é preciso dizer que Laney e eu tivemos uma noite longa. Se *eu* estou cansado, ela deve estar exausta, e talvez um pouco dolorida nos lugares certos. E não pelos mesmos extremos pouco seguros, mas espero que ela teste meus limites novamente... em breve.

Posso ouvir Laney fazendo um trabalho tão bom quanto seus pais sussurrando para eles na porta, e eu realmente não me importaria de ter outra hora, mais ou menos, para me recuperar, mas raios me partam se alguma vez deixarei Jeff Walker me ver desleixado. Então, saio da cama, coloco uma camisa e um short de academia e vou cumprimentá-los.

— Bom dia, podem entrar.

— Amor. — Laney me lança um olhar por cima do ombro. — Você tem certeza? — *Ela também quer mais uma hora para se recuperar.*

— Claro, deixe seus pais entrarem. Apenas me dê alguns minutos para tomar banho e me vestir e tomaremos o café da manhã todos juntos.

— Okay. — Reprimo uma risada ao ouvir o tom de decepção que só eu detecto na resposta dela.

Depois de um banho muito curto, desacompanhado de Laney por conta de nossos convidados-surpresa, estou vestido e vou até a sala de estar.

— Estamos prontos? — pergunto.

Laney sorri para mim, conduzindo seus pais em direção à porta que fechei e depois os acompanho um passo atrás, ouvindo minha garota colocar a conversa em dia a respeito do que eles têm feito.

— Não se preocupe, Dane. — O Sr. Walker vira a cabeça para me lançar aquele olhar dele. — Tenho uma boa quantidade de Florins para pagar a refeição desta manhã. Você sabia que essa é a moeda comum aqui?

Eu me abstenho de mencionar que o *American Express Black* é aceito em todos os lugares, e escolho simplesmente assentir com a cabeça.

— Eu estava ciente, mas bem pensado, senhor. Obrigado.

— Bem, alguém tem que se certificar de que comamos. — Ele ri, olhando orgulhosamente para as duas mulheres.

Sim, porque Laney e eu temos procurado nozes e frutas silvestres na região para sobrevivermos até este momento.

Ele é um homem orgulhoso, que criou uma filha orgulhosa sobre a qual eu não mudaria nada, então dou de ombros. Aceitar seu jeito de ser é o que me resta. No fundo, ele sabe que nunca tem que se preocupar com o cuidado de Laney. E no fundo, eu sei que ele nunca vai parar de me lembrar que não espera menos.

Passamos a manhã e o início da tarde com Jeff e Trish, mas depois de um grande café da manhã e de ir a pelo menos vinte lojas de presentes, *em uma área completamente diferente da cidade que vimos ontem à noite*, Trish parece cansada e Jeff é rápido para pedir desculpas e informar que é hora de uma soneca.

Eu também acho que uma soneca parece muito boa, mas um passo de volta para o saguão do resort e Laney e eu somos bombardeados. Sawyer está vindo em nossa direção. Que Deus nos ajude.

— Aí estão vocês! Vão colocar suas roupas de banho, nós esperaremos. Eu reservei uma aula de mergulho para todos nós. — Olho de relance para Laney, esperando que seu rosto diga algo do tipo *"prefiro tirar uma soneca, pelada, e nos salve"*, mas não. Ao invés disso, seus olhos estão em chamas com a empolgação da aventura, que ela nunca recusa. E todos eles estão ali, esperando ansiosamente que nos juntemos, toalhas e bolsas de praia na mão.

— Vamos lá... — Whitley dá um passo à frente, dando uma choramingada, para te fazer sentir culpa, coisa que ela faz tão bem. — Este é nosso último dia de diversão antes de termos que realmente sossegar e levar a sério as coisas do casamento.

— Não já estávamos fazendo isso? — Eu rio da maneira como os olhos castanhos de Laney se arregalam e sua linda pele empalidece enquanto ela pergunta: — Tem *mais* coisa?

— Ah, pare com isso. — Whitley dá um soquinho em seu braço e solta uma risadinha. — Você é tão dramática. Você sabe que não fizemos praticamente nada ainda. Mas você secretamente desfruta de cada minuto. Não há problema em admitir.

Emmett e Bennett se intrometem para o resgate de Laney, acompanhando-a por ambos os lados.

— Vá se trocar e nos preocuparemos com isso amanhã, apenas amanhã — Bennett a tranquiliza e Emmett assente com a cabeça.

— Eu só queria entender por que comprar o pacote com tudo incluso, se você ainda tem que fazer toda a preparação — Laney murmura, arrastando os pés em direção ao nosso quarto, atordoada. — Para que exatamente estamos pagando o Pablo? Suicídio assistido? *Meu?* Estou fazendo um ponto válido, certo? — ela não pergunta a ninguém em particular.

— Muita gente, hein? — Laney murmura quando nos aproximamos do barco. — Aquele é o Shane?

Com certeza, olho para ver Bennett e o jogador de pé no convés esperando por todos os outros.

— Sim, eu o convidei ontem à noite — Sawyer revela. — Parece ser um cara bacana.

— Só porque ele é famoso. *E você estava chapado* — ela resmunga a última parte, para que ninguém além de mim possa realmente ouvir, enquanto me entrega sua bolsa e sobe a bordo.

Não tenho certeza do que ela está reclamando, mas não tenho a chance de perguntar já que Bennett se adianta em fazer as apresentações.

Logo após todos sermos apresentados pelo primeiro nome ao cara novo, o instrutor de mergulho se prontifica a explicar os procedimentos.

O capitão anuncia que partiremos em breve e Laney vira a cabeça de supetão para trás, em direção ao cais.

— Espere, onde está Zach?

— Espera! — Evan grita, se levantando e apontando para o casal que corre pela costa.

Sim, o casal. Zach não está sozinho, sua mão está segurando a de uma mulher local, bastante aperfeiçoada no silicone. Também não é uma mulher qualquer, razão pela eu sei que ela é local, e poderia ter dito que ela é quase jovem demais mesmo a certa distância. Também não sou o único que percebe sua familiaridade; Laney se inclina para frente e desliza um pouco os óculos escuros pelo nariz, ofegando com a confirmação de quem estamos observando se aproximar... em um biquíni ao invés de um uniforme.

— Mas que... — Ela solta a pergunta no ar.

— Então estou certo, aquela realmente é... — Laney me dá uma cotovelada na lateral para me calar, e talvez quebrar uma costela.

— Sim, ela é uma das camareiras — ela sussurra.

Minha risadinha chama a atenção de Whitley, mas eu disfarço, já que Laney obviamente quer que isso seja mantido em sigilo, agarrando o queixo de minha garota e beijando-a com força e intensidade. Mas a agitação de Zach e sua acompanhante subindo a bordo faz com que ela se afaste, os olhos semicerrados focados nos meus.

— Não diga uma palavra, você vai envergonhar tanto ela *quanto* Zach — resmunga, baixinho.

Dou uma piscadinha em concordância enquanto ela desce do meu colo e toma seu próprio lugar, o capitão do barco empata-foda fazendo um comentário sobre segurança enquanto ele passa... O que tenho que admitir que concordo com ele.

Então Zach está rolando na cama com a camareira antes que ela arrume os lençóis. Por que Laney está tão paranoica achando que alguém teria um problema com isso? Não dormiu o suficiente, deve ser por isso que ela está irritadiça.

Um pequeno sacrifício para pagar pelas noites como as que acabamos de ter.

Suportar 67

Zach nos apresenta a Tia, o instrutor impaciente batendo o pé enquanto a cumprimentamos, e uma vez que eles também ocupam seus lugares, nós partimos.

Depois de termos tido um excesso de informações de segurança "porque realmente é para mergulhar, e não alimentar tubarões", e um tempo para conversar com o grupo, tenho certeza de que há algo mais do que privação de sono acontecendo com Laney.

E ela não é a única que está agindo de forma estranha. Bennett está sentada com Shane, mas sua atenção, como a de Laney, está colada no espetáculo, apenas alguns movimentos ou um dígito os separa de uma classificação alta de audiência, que Zach está atraindo. Uma de suas mãos está escondida atrás das costas de Tia, a outra entre suas coxas, e seu rosto está enterrado no pescoço da garota. Não que eu me importe... e Deus sabe que estou tentando não olhar para que não seja acusado de encarar a enorme comissão de frente que ela tem. Mesmo que Laney me conheça bem o bastante, sou um orgulhoso membro portador de crachá da Sociedade do Homem Idiota. Mas não faz sentido correr riscos.

O que está começando a me irritar é que Laney não consegue tirar sua expressão aborrecida ou foco deles, e fazer uma audição para um papel dela mesma, comigo. Eu nunca desfrutei de uma brincadeira do tipo em um barco, com destino ao mergulho jamaicano, e tenho certeza de que estou sendo privado da experiência completa.

Felizmente, Sawyer ou percebe o fascínio das garotas ou minha frustração, e dispara uma pérola:

— Você está procurando algo aí, Zachary? — ele o questiona. — Porque tenho quase certeza de que se fosse aí que ela o colocasse, você já teria encontrado.

— Então, Tia. — Bennett aproveita a interrupção, seu sorriso é uma emboscada e uma que eu sei evitar, puro gelo oculto por trás da farsa. — Você mora por aqui? — A pobre e desconhecida mulher assente com um sorriso amigável e sincero que não faz nada para dissuadir Bennett. — Sim, pensei tê-la visto por aqui. Serviço de limpeza, certo?

E aí está... o gato ensacado escapou, acompanhado pela faísca de irritação nos olhos de Zach.

As bochechas de Tia ficam coradas pelo constrangimento e ela pigarreia antes de responder:

— Apenas por meio período enquanto poupo um dinheiro para me mudar.

— Por que você iria querer sair deste lugar? — Whitley se junta a ela em seguida. — É tão bonito aqui.

Eu percebo o aperto reconfortante que Zach dá no joelho de Tia, silenciosamente tentando dizer-lhe que basta falar com a garota loira, ela está segura.

— Eu tenho família nos Estados Unidos. Gostaria de estar mais perto deles. — Ela ouviu a mensagem de Zach, evitando até mesmo o contato visual periférico com Bennett.

Mas... a ruiva não será dispensada tão facilmente.

— Sério, onde? — Bennett questiona.

O que diabos está acontecendo aqui? A cabeça de Laney está se movendo entre as duas como se ela estivesse assistindo a um jogo de pingue-pongue sanguinário, atenta a cada palavra. Shane permanece em silêncio, ao lado de Bennett, mas nenhuma parte de seus corpos se toca, e seu olhar está concentrado na água, mais do que obviamente desconfortável.

Junte-se ao clube, novato.

— Flórida — Tia responde.

— Ah, não está longe de nós — Whitley, tão ingênua como ela é verdadeiramente gentil, comete o erro de exclamar este fato. Tanto Bennett como Laney a fuzilam com um olhar.

Coitada da Whit. Até mesmo Sawyer ficou em silêncio neste momento. Se isso não diz "cale a boca e esteja preparado para se proteger", não sei mais o que diz.

Aperto o quadril de Laney e me inclino para sussurrar:

— Se importa de me informar exatamente o que diabos é isso que estou observando?

— Então, você e Zach podem se ver novamente, hein? — Bennett pergunta, e Laney me afasta e me manda ficar quieto, como se ela estivesse espantando um mosquito zumbindo por aí e atrapalhando sua concentração.

— Espero que sim — Zach responde por Tia, pressionando um beijo na mão dela.

— Certo — Bennett murmura, revirando os olhos.

— Eu também não estou longe de você — Shane diz, puxando Bennett para o colo dele assim que o motor do barco para.

— É, ótimo. — É a resposta que ela dá, no máximo educada, e até isso é um exagero.

Nosso equipamento está a postos e estamos mais do que prontos para realmente dar um mergulho com snorkel. É impossível que eu seja o único aliviado por escapar da tensão incômoda no barco.

Especialmente a Tia. A garota pode se afogar no mar só para evitar ter que suportar outro passeio de volta com esta turma.

Finjo não notar Laney agarrando o braço de Bennett e sussurrando algo para ela. E quando Bennett ri e dispensa o que quer que seja com um aceno de mão, tenho esperança de que minha tarde, com Laney, possa ser aproveitável.

Mas não. Minha garota ainda está rabugenta quando mergulha e se junta a mim.

— Muito bem. — Enlaço a cintura de Laney e a puxo pela água, tirando-a do alcance dos outros. — Conte-me o que está acontecendo.

— Nada. Eu apenas pensei que seria apenas *nosso grupo*, sabe?

Não, eu não sei.

Zach trouxe muitas acompanhantes ao longo dos anos e não me lembro de nenhuma delas ter recebido a recepção gélida que Tia recebeu hoje.

— Vocês estão com ciúmes dos peitos dela? Porque, amor, os seus são muito melhores. — Enfio meu rosto entre eles para mostrar o quanto realmente falo sério.

— Você não acabou de dizer isso! — Ela empurra minha cabeça para trás.

— Não a primeira parte, não, você estava ouvindo coisas. Mas a segunda parte, é certeza total. — Dou uma piscadinha. — Okay, a Tia colocou um lençol curto em nossas camas e eu não percebi? — Sorrio, enfiando o rosto em seu pescoço molhado desta vez.

— Não. — Ela ri, contorcendo-se no meu abraço.

— Então, por que vocês, garotas, não gostam dela?

Ela suspira, inclinando a cabeça para me dar acesso total.

— Eu não desgosto dela, Ben também não. É, bem, é uma questão territorial feminina que você não entenderia.

Eu não entenderia o territorialismo? Eu inventei essa merda! Dou uma risada debochada, e depois mordisco um caminho pelo seu pescoço até sua orelha.

— Chega delas arruinando meu dia. Pode ser? — resmungo, e a puxo mais para perto, para que ela possa realmente me sentir.

— Tá. — Ela se rende em um intenso gemido.

— Essa é minha garota.

A água em que estou imerso, com ela no colo, é cristalina e os retalhos vermelhos de tecido que ela chama de biquíni estão me provocando. Puta merda, eu poderia olhar para ela para sempre. Ela sempre foi linda, mas agora, com um corpo mais amadurecido, ela está magnífica. Seus seios estão maiores, mais pesados, e seus mamilos estão implorando para se soltar do tecido repressor, as pontas intumescidas se esfregando contra meu peito. Suas curvas estão mais acentuadas, cheias e femininas, e a bunda carnuda que sempre amei... está ainda melhor. Não teria pensado que fosse possível, até que acontecesse bem diante de meus olhos ávidos e satisfeitos. Deslizo uma mão para baixo para agarrar mais do que um punhado daquele traseiro, observando como tudo menos a luxúria deixa seus olhos.

— Amor, eles podem nos ver. — Ela finge protestar com um gemido frenético.

— Agarre-se a mim.

Ela enlaça pescoço e envolve minha cintura com as pernas, em um encaixe perfeito, e nado até o ponto mais isolado em que eu já estava de olho, escuro e sombreado pelo véu da folhagem saliente.

— Consegue ver algum deles? — pergunto, e Laney olhar ao redor, negando com um aceno de cabeça. — Então eles não podem nos ver.

Coloco meu pé sobre uma pedra e espalmo as mãos em seus quadris, erguendo seu corpo um pouco fora da água. Ela sabe exatamente o que quero, o peito já ofegante quando se aproxima do meu rosto. No entanto, dou o comando mesmo assim, porque sei que ela adora ouvir, e quando eu chegar lá, vou encontrá-la mais molhada por isso.

— Puxe para baixo, amor, ambos os lados, agora.

Quando termino de chupar seu pescoço, ela já está com os seios para fora, apontando para cima.

— Olhe só para isso — gemo, abaixando a cabeça para apreciar. Eu a provoco primeiro, saboreando o gemido que escapa de seus lábios enquanto traço lentamente um mamilo com a ponta da língua. — Qual é o problema, não é suficiente?

Ela não é a única que gosta de ouvir isso. Através de um extenso treinamento, do qual tenho desfrutado de cada segundo, Laney desenvolveu uma língua bastante maliciosa... e é toda minha.

Ela agarra a parte de trás da minha cabeça e a empurra com mais força contra o seu seio direito.

— Chupe — ela implora. — Com força. — E eu obedeço de boa vontade, gemendo minha aprovação em torno de sua carne.

E quando consigo fazê-la esquecer qualquer preocupação mesquinha, anterior, e todas as suas inibições, deslizo meus dedos pelo interior de seu biquíni e dou a ela uma lição: *diversão em águas profundas.*

CAPÍTULO 10

SE NÃO É UMA COISA, É UM OURIÇO-DO-MAR

Laney

Apesar do começo turbulento, o mergulho acabou sendo um dos melhores planos de Sawyer – não que tivesse muita concorrência para atingir o topo da lista. Todos pareciam ter esquecido o tenso passeio de barco para chegar lá e aproveitaram por completo a aula de mergulho com snorkel. Devo dizer que gostei muito do meu tempo na água... e também vi alguns peixes legais.

Na verdade, todos nós nos divertimos tanto, que depois que o barco nos trouxe de volta (ainda um passeio embaraçoso, porém bem menos que o primeiro; quero dizer, não tínhamos para onde ir de qualquer forma) ao cais em frente ao resort, a Galera optou por ficar na água. Relaxando, procurando por diversão, longe do calor. Ah, Shane e Tia também ficaram por aqui.

Claro que essa "diversão" envolveu várias rodadas de "briga de galo", porque eu simplesmente não consigo passar tempo com meus amigos na água sem desafiá-los. Os homens desistiram de "tentar" anos atrás, e hoje em dia apenas permanecem debaixo de nós e servem como nossa base enquanto nós, mulheres, nos enfrentamos.

Eu ainda venço Whitley e Emmett toda vez com pouco ou nenhum esforço, mas Bennett melhorou. Talvez seja seu novo lado mais agressivo, ou o fato de que o grande traseiro de Zach faz uma base inabalável, mas ela sustenta uma batalha... em que eu levo a melhor.

Mas Zach não é sua base hoje, e, sim, Shane, e esse fato, aliado a *outras* circunstâncias atenuantes, a *fortalece*. Então ela aproveita ao máximo a disputa como uma saída para seu humor medonho, e me vence duas vezes. Finalmente, declaro minha derrota e peço "clemência" – palavrinha que tem um gosto de merda e embaraço quando sai pela minha boca –, e as coisas se acalmam, cada um fazendo sua própria coisa.

Dane está feliz com a minha desistência, e não perde tempo em me puxar contra seu corpo maravilhosamente molhado, e eu me esfrego a ele em todos os devidos lugares. Ele está olhando em volta, sem dúvida para encontrar outro lugar isolado e mais privado, quando um grito de gelar o sangue ressoa pelo ar.

Dane e eu viramos nossas cabeças em direção ao som e vemos Bennett em evidente sofrimento, chorando e implorando por ajuda ao mesmo tempo em que afasta as pessoas, não querendo que elas a toquem.

— Bennett, o que foi? O que aconteceu? — De alguma forma, consigo fazer perguntas coerentes apesar do meu pânico enquanto voo pela água para o lado da minha amiga.

— Alguma coisa — ela faz uma careta — mordeu — soluça — meu pé. Está doendo. — Ben mal consegue se expressar. Seu rosto está pálido pra caralho, os dentes rangendo alto e os olhos verdes agora avermelhados com as pupilas impossivelmente dilatadas.

— Okay, eu te peguei — eu lhe asseguro, me curvando para pegá-la.

— Não, não, Super-Mulher. Eu vou pegá-la — Dane diz, mas Shane, não Zach, faz com que... os dois fiquem para trás.

— Eu a carregarei. — Shane é inflexível, mas inconscientemente equivocado, porque quando ele volta a atenção de Dane para Bennett, Zach já está com ela nos braços e a meio caminho da praia.

— Obrigado, *mano*, mas eu cuido dela! — Zach grita para ele, sem olhar para trás, colocando Bennett gentilmente sobre a areia. — Eu sempre cuido dela.

Isso me arranca um sorriso. Parece que o territorialismo é uma epidemia entre a Galera.

— Esquerdo, meu pé esquerdo... Aaaaaaai... — Bennett está gemendo enquanto todos nós formamos um círculo ao redor deles. Ela se contorce de dor, com Zach agora ajoelhado ao lado.

— Respire, querida. Tente ficar calma para mim, eu vou tratar disso — Zach diz, em uma voz que nunca o ouvi usar, a preocupação em seu rosto em completo contraste com a força aveludada em seu tom.

— Pelo amor de Deus, Sawyer! *Por que* seu pau está pra fora? — grito mais alto do que pretendia, mas não é uma reação totalmente exagerada, visto que o pênis de Sawyer está para fora e se aproxima de Bennett como um míssil à procura de calor.

Sabe, porque ainda não tínhamos o suficiente acontecendo.

— Que porra é essa? — Dane também pergunta a ele, virando a cabeça para longe do instrumento de Sawyer à mostra.

— Cara, você tem que mijar em uma queimadura de água-viva. Só se afastem, eu cuido disso. Eu mijo com excelência. — Sawyer pega seu pau em uma mão, estica sua postura e está quase urinando em Bennett quando Evan tem o bom senso de intervir.

— Tenho certeza de que sim, mas guarde seu pau, Dr. Idiota. Não é uma queimadura de água-viva. Tá vendo aqueles pequenos espinhos saindo do pé dela? — Evan aponta. — Ela pisou em um ouriço-do-mar. Nenhuma quantidade de seu excelente mijo vai ajudar. Mas obrigado por espantar a multidão; nos dá mais espaço para trabalhar.

Honestamente, às vezes me pergunto o que seria de nosso louco conglomerado de desajustados se não fosse por Evan.

— Ah, sim, eu li sobre isso no guia de turismo. — Emmett encontra espaço para sua voz meiga em meio ao caos. — Primeiro, você tem que retirar os espinhos, depois mergulhar o pé dela em água quente. Também precisaremos lhe dar algo para a dor e usar pomada para proteger contra infecções.

— Viu, Sawyer? Conselhos médicos sadios, sem partes íntimas saltando para fora — Whitley sibila, com sua voz de "saiam, crianças, e deixem os adultos lidarem com a situação". — E obrigada por ter colocado suas coisas para dentro tão rapidamente. Ótimo trabalho.

— O que Emmett disse... será que podemos fazer tudo isso *agora*? — Bennett grita, a dor aumentando nitidamente, e é provável que esteja mais do que um pouco irritada que o show de urina improvisado de Sawyer tenha interrompido nosso progresso de tirá-la da agonia.

— Sim, anjo, estamos cuidando disso. Aguente firme um pouco mais. Sawyer, vá pedir ao resort qualquer coisa que eles tenham para a dor e alguma pomada. Evan, vá encher uma banheira com água quente para ela em um dos quartos. Em — Zach baixa seu tom de voz enquanto fala com ela —, puxo os espinhos com meus dedos mesmo, certo?

— Sim. — Ela se ajoelha ao lado dele. — Os mais superficiais com certeza. Quanto mais você conseguir tirar, menos veneno entra, aliviando um pouco da dor. Mas qualquer um deles que estiver mais profundo não sairá até que o pé dela fique de molho na água quente e usemos uma pinça.

Shane aparece do nada e se agacha ao lado de Bennett; e, para ser honesta, eu meio que esqueci que ele ainda estava aqui.

— Aconteceu a mesma coisa com um amigo meu quando estávamos em Aruba. Eu cuidarei disso, linda. Vamos levá-la para o meu quarto, pode ser?

— Pode ser, o caralho! — Zach fala rápido, antes que Bennett possa responder. Seu tom não disfarça nem um pouco o veneno. — Parece que você não me ouviu da primeira vez, quando falei que *eu* cuidaria dela. Sempre. Cuidarei. Dela. *Sempre* inclui *agora*.

— Temos algum problema aqui? — Shane fica de pé... cerca de quatro centímetros a menos do que Zach se ele decidir se levantar também, e estufa seu peito.

— Com certeza temos. O *problema* é minha garota deitada aqui sofrendo enquanto você desperdiça o tempo de todos. Como se eu fosse deixar você, um estranho, levá-la para o seu quarto, mesmo se ela estivesse bem de saúde. — Zach realmente gargalha, um brilho sinistro de advertência em seus olhos. — Cale a boca e fique fora do meu caminho ou se mande daqui. Você me entendeu desta vez?

Shane dá uma risada do tipo quando um cara age como se não tivesse tempo para esta merda, esperando que você não compre a briga.

— Tia. — Ele olha para ela, que eu também tinha esquecido que estava aqui... do mesmo jeito que Zach obviamente também esqueceu, e estende a mão para ela. — Permita-me que eu a leve para casa, ou aonde você quiser ir, já que seu acompanhante obviamente não fará isso.

O semblante de Zach muda na hora, deixando claro o que eu já sabia. Ele se sente mal. Ele é um homem maravilhoso e nunca trataria de forma grosseira uma mulher, não de propósito... mas as prioridades prevalecem.

— Desculpe, Tia — diz ele, com sinceridade. — Espero que você entenda.

— Completamente. Tudo isso. — Ela sorri. — Foi um prazer conhecer a todos. Melhoras, Bennett.

A atenção de Zach já está de volta para Ben antes mesmo de Tia e Shane terem se afastado.

— Sinto muito por ter arruinado seu encontro — Bennett murmura.

Zach ri.

— Não, você não sente. Não mais do que eu, que quase dei uma surra no seu acompanhante.

Suportar

— De acordo. Agora, vá em frente e cuide de mim!

— Okay, vou começar a puxá-los para fora. Dane, dê sua mão para que ela possa apertar.

Emmett sai do caminho e Dane assume um lugar ao lado de Bennett, agarrando uma de suas mãos.

— Faça o seu pior — ele a provoca.

Eu conto nove espinhos presos no pé dela, e seis deles saem com muita facilidade. Ela solta um suspiro de alívio com a retirada de cada um, e posso ver Zach começar a se acalmar, a mão dele ficando mais firme a cada remoção. Ele está tentando arrancar o sétimo espinho quando Sawyer volta, entregando a Bennett dois comprimidos e uma garrafa de água, e ajudando-a a inclinar a cabeça para trás, com uma mão em sua nuca, para que ela possa tomar um gole.

— O que foi isso que você deu para ela? — Zach grita, sem desviar o olhar da tarefa.

— Até parece que eu sei, cara, mas uma senhora que falava inglês disse que iriam funcionar. Merda, cuidado. — Ele pula para trás, puxando Emmett com ele, enquanto Bennett vira a cabeça para o lado e começa a tremer violentamente, como se fosse vomitar. Felizmente, ela não vomita de fato, mantendo os analgésicos em seu organismo.

— Tudo bem, você está bem — Zach a acalma, pegando sua camisa da areia e usando um pouco da água engarrafada para molhá-la, passando em suas bochechas e testa para refrescá-la. — Ainda há dois espinhos, mas eles parecem bastante profundos e a pele ao redor está arroxeada. Vamos levá-la para a banheira e colocar seu pé de molho. Eu sei que você está sentindo dor, mas os comprimidos vão fazer efeito em breve. Você está indo muito bem, querida.

Ela assente com a cabeça, mas com dificuldade, pálida e fraca. Ele a pega nos braços, carregando-a com todo o cuidado, atento ao pé ferido, e se apressa em direção ao resort.

Vejo Whitley encontrá-los no meio do caminho, quando ela volta para informar qual é o quarto onde eles prepararam a banheira.

Zach tem tudo sob controle, de um jeito surpreendentemente incrível. Talvez tenha sido apenas o estresse da situação, o pânico puro, ou por uma questão de acalmar Bennett, mas não me escapou, em momento algum, os vários apelidos afetuosos que ele usou para se comunicar com ela.

Ou a forma como o músculo em sua mandíbula se contraía e a veia em sua testa pulsava quando ele se esforçava ao máximo para se concentrar em Bennett em vez de estrangular Shane.

— Venha. — Seguro a mão de Dane. — Vamos recolher as toalhas e as coisas de todos.

Depois de um banho para tirar o sal e a areia – o que Dane realmente fez por mim, com muito prazer –, nós nos vestimos e vamos ver como Bennett está.

Sinto-me mal ao bater na porta e fazê-la se levantar com o pé ferido para atender, mas não preciso me preocupar, porque é Zach quem abre.

— Oi — ele fala, baixinho, dando um passo para trás para nos deixar entrar.

— Como ela está? — pergunto, olhando em volta e sem a ver por ali.

Zach nos leva de volta para o quarto, onde Bennett está roncando como um serrote; não, vamos pensar em uma serra elétrica turbo.

— Ah, meu Deus. — Eu rio, sem me preocupar com qualquer outra coisa, inclusive com o apocalipse, acordando-a. — Eu era sua colega de quarto, e posso garantir que o que ela está fazendo agora, não acontecia. Quando que ela passou a roncar tanto?

— Hoje. — Zach parece zangado, mas é gentil e preocupado ao afastar o cabelo da testa de Bennett. — Estou certo de que os analgésicos que Sawyer deu para ela eram, na verdade, tranquilizantes para cavalos. Tenho estado aqui deitado, cronometrando seu pulso e ouvindo sua respiração. Ambos parecem bem, e ela não está sentindo nenhuma dor. Maldito Beckett. — Ele balança a cabeça.

Cara, se tivéssemos uma vitória por cada vez que ouvi alguém dizer "Maldito Beckett", meu time de *softball* seria Campeão de Conferência... todos os anos.

— Eu posso trazer um dos médicos da região aqui — Dane diz, com absoluta certeza; porque ele pode mesmo. — Para dar uma olhada nela, prescrever algo aprovado pelo FDA.

— Eu acho que ela vai ficar bem. Também não estou muito confiante no que um médico local lhe daria, se é que me entendem.

Dane ri.

— Sim, acho que isso é verdade. A maconha *medicinal* provavelmente abrange qualquer coisa, desde uma unha encravada até um membro deslocado aqui.

Eu pigarreio para acabar com a pequena sátira deles.

— Agora que temos isso resolvido, Zach, você pode ir. Vá tomar um banho, comer. Eu sei que você deve estar cansado. Eu fico com ela — ofereço.

O que não dá muito certo.

— Laney, você comeu? — Nego com um aceno de cabeça diante da pergunta de Zach. — Exatamente. Você vai comer, dormir um pouco e se preocupar com o casamento. Eu pedi serviço de quarto, e vou comer aqui mesmo, no mesmo lugar em que vou dormir.

— Mas...

— Mas nada. Não foi uma sugestão.

Dane rosna baixo, o que Zach ouve e ri.

— Me poupe, Kendrick. Já levei desaforo de você uma vez nesta viagem, não vai acontecer de novo. Pegue sua garota e vá.

— É melhor você me dizer se alguma coisa mudar, Zach. Estou falando sério! — Aponto para ele e ordeno.

Ele sorri para mim e inclina a cabeça.

— Você age como se fosse a primeira vez que tomo conta dela. Tenho certeza de que consigo.

A batida na porta lhe dá a desculpa perfeita para nos conduzir até lá, antes que eu possa interrogá-lo sobre as outras vezes em que ele cuidou de Bennett.

— É a minha comida... Que está entrando, e vocês saindo.

— Venha, amor. Você ouviu o homem. — Dane me conduz para fora com uma mão nas costas e uma pitada de diversão em sua voz.

CAPÍTULO 11

OS TRÊS COMIGO

Dane

Depois de uma manhã agradável de café da manhã com todos, seguida de alguns passeios turísticos com Sawyer e Emmett, faltam apenas algumas horas até que eu possa finalmente, verdadeiramente, começar a me preparar para uma sensação de paz.

Assim, quando voltamos de nosso passeio e entramos no saguão do resort, estou um pouco ansioso, mas animado, pronto para poder relaxar um pouco.

Essa ilusão, com certeza, foi agradável enquanto durou.

Ver Whitley na recepção, no meio de uma catástrofe total, me deixa tenso na mesma hora, e meus preparativos rumo à tranquilidade arrasados.

Eu sei que com o que quer que eu esteja prestes a lidar é, definitivamente, um caos baseado em vários e indiscutíveis indicadores. Primeiro, Evan está ligeiramente atrás de Whitley, cabeça baixa e balançando de leve de um lado ao outro, em seu sinal universal para "que Deus me ajude, mas vou deixá-la prosseguir com isso".

Em segundo lugar, o rosto de Whitley está corado em um tom cor-de-rosa fulgurante e a voz que ela está usando para discutir com o funcionário do resort atrás do balcão de *check-in* assumiu aquela qualidade cheia de hélio que só ela consegue emitir sem a necessidade de um balão na mão.

E, por último, mas com certeza não menos importante, é o fato de Macie, uma das damas de honra, estar fazendo um péssimo trabalho de esconder-se atrás da estatura minúscula de Whitley. *Sim, estou vendo você.*

— O que está acontecendo? — pergunto, ao me aproximar do grupo. — Por que a Macie está aqui? Alguém me diga algo.

— Só uma confusão com a reserva dela, relaxe. — Evan é rápido em me tranquilizar.

— Ah, bom, viu, amor? Nada demais. Whitley consegue lidar com isso — Laney fala rápido, através de seu enorme e falso sorriso que, provavelmente, está deixando os músculos do rosto doloridos. Ela puxa meu braço para me persuadir a ir na direção oposta.

Sawyer bufa em descrença para mim, sem acreditar no papo furado.

— Ei, Daney, tenho a sensação de que somos os únicos dois idiotas aqui que não sabem de nada. O que você acha?

E em outra reviravolta surpreendente dos acontecimentos, concordo com Beckett. Olho para Laney, mudando seu peso de pé para pé, não encontrando meus olhos com os dela, mas lançando-os em algo fascinante para além do meu ombro esquerdo.

— Macie, que bom vê-la. — Dirijo-me à violeta encolhida, forçando-a a espreitar à volta de Whitley e reconhecer minha saudação com um sorriso trêmulo.

— Oi, Sr. Kendrick. Obrigada por me receber.

— Não é nada, querida. Mas, eu não estava esperando por sua chegada por mais algumas horas. Como você está aqui?

— Eu, uh...

Poupo a pobre garota e volto para Laney.

— Onde. Estão. Nossos. Filhos? — pergunto, com um estoicismo moderado que estou longe de sentir.

— Não tenho certeza, por aqui em algum lugar. — Ela dá de ombros em despreocupação. — Mas sei que eles estão seguros. *E são adultos.* Portanto, acalme-se agora mesmo.

— Espere, o quê? — Sawyer grita. — As crianças estão *aqui*? Pensei que eles só fossem chegar no final da tarde?

— Você não contou para eles? — Os olhos de Whitley estão arregalados enquanto ela pergunta à Laney.

E agora, minha esposa decide que a teimosia é sua melhor defesa.

— Não, eu não contei. — Ela levanta o queixo desafiadoramente e posiciona as mãos nos quadris. — Nós confiamos neles para voar até aqui, eles voaram até aqui. E se eles aterrissaram um pouco mais cedo? Não é algo exatamente digno de ser noticiado.

Se ela acreditasse nisso, ela teria sido capaz de olhar para mim enquanto dizia. O que ela não fez.

— Nada demais, não é? Então por que não mencionar isso? — A serenidade com que ainda sou capaz de falar espanta até mesmo a mim.

Ela arqueia a sobrancelha em condescendência.

— Você acha que não percebi você checando seu relógio a cada dez minutos? Você já devia saber, querido. De jeito nenhum que deixaria você invadir o aeroporto como se um voo antecipado fosse uma questão de segurança nacional, e anunciar às nossas crianças que você acha que eles não são realmente capazes de voar sozinhos.

— Eu... — Não importa, eu fecho a boca. De jeito nenhum esta mulher cabeça dura vai me atrair para uma discussão, que eu ganharia, agora mesmo. Em vez disso, eu enfrento Whitley: — Onde. Estão. Os. Meus. Filhos?

— Eu os escondi bem onde você podia encontrá-los — Whit responde com um sorriso brincalhão, obviamente orgulhosa de sua resposta inteligente. — Perto da piscina.

Como estas mulheres podem se divertir quando não estão colocando minha sanidade à prova?

Chego à piscina em dois passos, mesmo assim não tão rápido quanto gostaria, e, infelizmente, ouço o desfile que vem atrás de mim. Enquanto gosto de me esgueirar em uma cena, espreitar pelas bordas – *sim, espionar* – Sawyer prefere uma abordagem menos sutil.

— Se afastem das meninas de biquíni, seus merdinhas safados! — ele grita, para... praticamente qualquer um que atualmente habite na Jamaica. — Presley Alexandra Beckett, que porra você está vestindo? Saia dessa piscina e venha aqui agora mesmo, mocinha! E, ande, sem correr, nem saltitar!

E as crianças estão agora plenamente conscientes de que nós nos juntamos a elas.

— Pai! — Presley pula para fora da piscina, ignorando suas instruções específicas, e vem correndo até nós.

O que, sim, posso ver por que ele está tendo um problema com sua "roupa de banho"... e estou em total acordo com ele sobre a política de não correr. Todo homem, que não faz parte de sua família, tem seus olhos indecentes fixados nela. Canalhas doentios, ela é um bebê!

— Oi, tio Dane. — Ela acena para mim enquanto Sawyer joga uma toalha sobre seus ombros. — Ah, oi, pessoal. — Ela franze as sobrancelhas, um olhar confuso em seu rosto à medida que cumprimenta a multidão atrás de mim. Provavelmente se perguntando por que todo adulto que ela conhece aqui teve que bombardeá-la de uma só vez.

— Pê, não estou brincando quanto a isso. — Sawyer aponta e faz movimentos para cima e para baixo em relação à roupa de banho de sua filha.

— Você vai precisar usar algo pelo menos dois níveis acima de estar despida ou vou matar todo moleque com um pênis num raio de dez quilômetros.

— Nana, você gostou do meu biquíni, né? — Presley pergunta a Trish, deitada por perto em uma espreguiçadeira, lançando seu melhor olhar de filhotinho, a poucos segundos de ser colocado no canil, implorando por uma intervenção.

Os pais de Laney, assim como os de Evan, agem como avós de todas as crianças da Galera, porém eles chamam seu grupo de "Esquadrão", e protegem uns aos outros como seus pais sempre fizeram e farão.

— Você está linda, querida, e certamente poupa a qualquer um o trabalho de usar sua imaginação — Trish responde com seriedade e honestidade absoluta, com um pouco de humor sarcástico para tirar a tensão; exatamente como sua filha.

— Nana! — Os olhos de Presley se enchem de lágrimas, e Emmett contorna a multidão para envolver um braço nos ombros de sua filha.

— Presley, querida, talvez seja um pouco *revelador* demais. Especialmente quando você sabia que seu pai iria vê-lo — Emmett fala, com gentileza, dando um sorriso amoroso acompanhado por olhos suplicantes, tentando suavizar a realidade de suas palavras.

E eu estou fora. Deixo para que eles resolvam isso. Não é minha filha, e eu ainda não pus os olhos naqueles que realmente são meus.

Laney corre para o meu lado, apertando uma mão ao redor do meu bíceps, onde crava suas unhas em aviso.

— Não ouse gritar "os três comigo". Estou falando sério!

Não deveria ter me lembrado da tática brilhante que desenvolvi, e não tenho tido a chance de usar há muito tempo.

Sim, quando nossos filhos eram menores, as viagens a parques de diversão, jogos de *softball*, até mesmo quermesses escolares, se tornaram demais para mim quando havia três deles para acompanhar na multidão, então bolei um plano infalível. Não importava onde estivéssemos, em vez de perder tempo precioso procurando na área, na qual minha pressão arterial acelerava a um ritmo alarmante, ou gritando seus nomes, que poderiam pertencer a várias outras crianças, eu gritava: "os três comigo!" com toda a força dos meus pulmões, sem a menor vergonha, e meus filhos sabiam que era melhor que encontrassem imediatamente o caminho para o meu lado.

Tornou-se menos embaraçoso para eles, e Laney, assim como os outros pais, e as crianças com as quais os nossos filhos iam para a escola ou jogavam bola se acostumaram.

Sim, desde o momento em que nasceram, nossos bebês compartilharam a mesma proteção à qual Laney se acostumou há muito tempo.

E não me sinto nem um pouco culpado.

Escaneio a área da piscina e do deque, procurando por muitos corpos que parecem todos iguais, prestes a gritar a frase que eles amam secretamente, quando vejo uma delas – minha garotinha.

— Brynny! — grito, balançando um braço no ar.

Ela me ouve e se vira, seus olhos castanhos dourados como os da mãe me avistando. Minha filha angelical sobe lentamente os degraus da piscina, com uma blusa bem decente e um short de banho, e vem caminhando, *rapidamente*, até mim.

— Ei, papai. — Brynn se coloca nas pontas dos pés, com as mãos apoiadas em meus ombros, e beija minha bochecha. — Por que demorou tanto? — ela caçoa.

Okay, então, eu sou um pouco superprotetor com os meus filhos, admito isso. Mas se você tivesse um esconderijo de diamantes, sempre os manteria no lugar mais seguro possível, sem a menor sombra de dúvida.

Bem, meus filhos não têm preço.

— Ei, mãe. — Ela abraça Laney.

E fazendo seu trabalho conforme nosso acordo, a *única* maneira que eu tinha sido convencido a permitir que minha garotinha de 18 anos voasse para a Jamaica com o resto do "Esquadrão", ao invés de estar bem ao meu lado, meu filho JT está a poucos passos atrás de Brynn.

JT, Jefferson Tate, em homenagem ao pai de Laney e ao meu irmão, voou com o Esquadrão e assinou um documento juridicamente vinculativo, (com certeza, eu fiz um), alegando que se um cabelo na cabeça de Brynny fosse danificado, eu pegaria seu carro e o rebaixaria na empresa da família... depois que sua mãe pagasse a minha fiança por espancá-lo.

O Esquadrão "só tinha" que fazer uma parada em Miami para pegar Macie, a dama de honra, que frequenta a faculdade lá e não podia simplesmente voar sozinha, também conhecida como a desculpa perfeita para uma festinha pré-parental. E Brynn realmente queria ir.

Garotinhas... eu sou um bundão mesmo. *O que posso dizer.*

E ela tem 18 anos; o que escolho e decido quando devo reconhecer este fato.

— Não sabia que você estava aqui — rosno, respondendo à pergunta anterior de Brynn. — Sua mãe não achou que fosse uma informação pertinente para eu saber. Foi por isso que levei tanto tempo.

JT inclina a cabeça para trás e ri.

— Bom trabalho, mamãe. — Ele pisca para ela, depois rapidamente se endireita quando eu o coloco no lugar com um olhar fuzilante. — Quero dizer, desculpe, senhor. Devia ter mandado uma mensagem para você também.

— Pare com isso. — Laney dá um tapa no meu braço. — Não os deixe constrangidos, eles não fizeram nada de errado, e eles sabem que vai ferir seus sentimentos se estiverem do meu lado, a pessoa que está certa, bem na sua frente. — Ela abre seus braços para dar um abraço em JT, que não hesita em aceitar. — Estamos felizes por vocês estarem aqui, a salvo. — Ela beija sua cabeça coberta de fios escuros, da mesma cor que o meu cabelo.

— Vimos a Nana, mas onde está o Vôvis? — pergunta Brynn, olhando ao redor.

Vôvis é como as crianças chamam Jeff, e eu sei por que Brynn está perguntando. Os dois são parceiros de crime, porque Brynn joga *softball* para a equipe de sua mãe, e atualmente está rezando para que seu Vôvis não tenha realmente colocado na mala uma luva e bola para uma aula de arremesso improvisada enquanto estiverem na Jamaica.

— Ele está por aqui em algum lugar. E, sim, ele mencionou um possível treinamento. — Eu rio e aperto a ponta do nariz da minha preciosa moleca.

— Eu vou "plantar e descascar" aquele velho peidorreiro um dia desses! — ela bufa, cruzando os braços. — As estatísticas não mentem, ele olhou para elas ultimamente? Hein?

— Por mais que eu adore falar sobre *softball*, a cada segundo de cada dia, os pais chegaram e estou de folga. Até mais. — JT presta continência a nós três e a todos, mas sai correndo, olhando para algumas senhoras deitadas em espreguiçadeiras enquanto corre. Meu filho, que acaba de completar 20 anos, não tem a menor falta de confiança.

Dois já foram, falta uma.

— Onde está sua irmã? — finalmente pergunto a Brynn.

— Bem atrás de você. — Ouço a adorável risada por trás de mim e giro, estão sou tomado de amor, como sempre acontece quando olho para ela. Nossa filha mais velha, Skylar, ou Sky como a maioria a chama, é a imagem refletida de sua mãe, com a atitude obstinada nas veias, e, no entanto, tão meiga, que as duas não poderiam ser mais diferentes. — O que tem achado da Jamaica, papai?

— Minha querida. — Eu a tomo nos braços e poderia segurá-la por toda a vida, com a mesma força sempre necessária para aceitar como ela está crescida agora, aos 22 anos, misturada com os delicados cuidados com os quais eu a segurei pela primeira vez. Não é preciso voltar à mistura de emoções diante da chegada deles, eu apenas gosto de abraçá-la; hoje em dia não consigo fazer isso com frequência o bastante.

— Minha vez. — Laney me tira do caminho e envolve seus braços em torno de nossa mais velha.

E isso é tudo: Skylar, JT e Brynn, as três melhores coisas que Laney Jo já me deu, além dela mesma, é claro.

Engraçado como as coisas funcionam. De todos da Galera, fui o que levei mais tempo para convencer Laney a se casar comigo. Sim, até mesmo Bennett e Tate tinham planos concretos antes de nós. E enquanto Laney nunca realmente superou sua versão "moleca" e jurou que não era maternal e não queria filhos... ela me honrou com os três mais magníficos que já nasceram.

— Tenho um banho de lama e manicure/pedicure em trinta minutos, mas depois jantar, em família? — pergunta Skylar, me afastando de minhas reflexões e me trazendo de volta ao presente. — E, sim, Brynn, eu também marquei uma hora para você. Você é uma garota, eu juro. Você vai e pronto. Deus sabe que teremos que triplicar a gorjeta ao pobre coitado que ficará preso trabalhando em seus pés. — Ela estremece, mas com um sorriso; ela nunca perde um dos jogos em casa de sua irmã. Nunca.

— Parece maravilhoso, nós cinco juntos para o jantar. — Eu tento ser sutil; o que nunca funcionou para mim.

— Pai! — Skylar ralha. — Faça as reservas para todos, porque você vai ser o papai legal. Certo?

— Claro que sim, querida — Laney responde por mim, cravando aquelas unhas no meu braço novamente.

— Eu cuidarei disso. — Suspiro. — Pensei que valia a pena tentar.

Balanço a cabeça, abraço minhas duas filhas e me viro para sair com minha esposa, mas Brynny nos acompanha.

— Então — começo, tão tranquilo quanto nosso passeio. — Por que o garoto Ryder não veio com o resto do Esquadrão? — Não mencionei isso propositalmente perto de Skylar, a preocupada.

— Ele não podia pagar pelos voos extras para a parada em Miami, ou a comida, hotel e coisas que acompanhavam a parada. Por quê?

— Só estou curioso, pareceu estranho, só isso. E ele que vai caminhar com Presley até o altar, correto?

— Você é péssimo em pescar informações, papai. Não sei todas as voltas e reviravoltas em jogo, mas mesmo que soubesse, não é minha história para contar. — Ela observa minha reação pelo canto do olho, depois segura minha mão direita, a esquerda entrelaçada com a de Laney.

— Alguma pista do porquê Sawyer teria tanto problema com o garoto?

— Não, mas se eu tivesse que adivinhar, eu diria que ele está tirando conclusões precipitadas. Só porque você caminha até o altar com um certo rapaz na festa de casamento, não significa que algo esteja acontecendo. Quero dizer, eu vou entrar com meu irmão!

Laney e eu rimos dessa, não só porque Brynny estremeceu visivelmente quando disse isso, mas porque ela está certa, e Beckett está se torturando sem nenhuma razão. Esta última explicação me traz um prazer sem fim.

E em uma última tentativa de pescar informações, eu mudo as iscas:

— E Skylar estava sozinha agora mesmo porque...?

Laney olha para mim assim como Brynn, e ri desta vez, da minha cara, com certeza.

— Porque ela trouxe cerca de sete sacolas que não deveriam ser confiadas a carregadores, e queria saber exatamente onde estaria hospedada. Invente qualquer razão que você possa ter em sua cabeça para essa pergunta, já que a verdadeira te colocaria em órbita. Mas acredite em mim, ela estava sendo muito bem-cuidada. Seus filhos estão todos aqui, seguros e bem-amados. Isso, eu sei com certeza, e juro para você. Bom o bastante?

— Sim. — Eu sorrio, apertando a mão dela na minha, banindo todos os pensamentos que poderiam me levar a cometer uma chacina, preferindo concentrar-me no fato de que minha filhinha não tem vergonha de segurar a mão do seu pai em público.

Por que eu desperdiçaria preocupação com qualquer outra coisa quando tenho isso?

S.E. HALL

CAPÍTULO 12

O QUE É MAIOR QUE ISSO?

Laney

  Antes do jantar, Dane e eu damos um passeio pela praia. Por um lado, eu sei que ele está um pouco menos tenso agora que nossos filhos estão aqui conosco, sãos e salvos, mas é também um lembrete dos próximos eventos que estão se aproximando rapidamente, rápido demais para que Dane possa estar chegando a um real acordo com isso a tempo suficiente para estar pronto para a chegada deles. Talvez por fora ele pareça estar se segurando, mas por dentro? Há um ciclone categoria 5, como o que Kansas nunca viu se formar. Eu o conheço bem demais para me iludir a acreditar no contrário.

  Foi preciso procurar um pouco, mas conseguimos encontrar nossa própria gruta, partindo da costa; sem multidão ou barulho, apenas reclusa o suficiente para nos sentar e simplesmente ficar olhando para a água cristalina, refletindo... Nenhum de nós sente urgência em falar, mas ambos lidamos com tanta agitação no interior, cientes que dizer isso em voz alta libertaria, aliviando o peso de carregá-la sozinhos...

  — Você se sente melhor ao olhar para todos os seus filhos, homem das cavernas? — pergunto, com os olhos concentrados na água, mantendo-me de costas para ele.

  — Eu me sinto. — Por fim, ele se senta atrás de mim na areia, enlaçando meu corpo com seus braços, com o rosto enfiado no meu pescoço.

  Todos estes anos, e ele ainda me faz sentir cobiçada, desejada, com cada toque. Pode parecer clichê, mas é um risco que vou correr, pois me emociona de uma maneira infindável ter a certeza de que meu marido anseia tanto por mim hoje como sempre fez.

E agora que sei que ele está de boa, bem, melhor pelo menos, e que também encontrei meu fôlego, dou as boas-vindas ao entusiasmo que brota em mim sempre que ele está por perto.

— Que desvio que você fez aqui, amor. Alguma razão em particular para a necessidade de privacidade?

— Não pensei que você fosse se importar. — Viro a cabeça para beijar o canto da boca dele e quando ele exige mais e toma a minha por completo, sem necessidade de implorar para ter acesso, eu respondo em total submissão e com um gemido inebriante.

Nossas línguas se entrelaçam em sincronia, unindo-se no consolo e na segurança de que ambos precisamos para nos acalmar.

Quando estamos ambos saciados e nos sentindo reconectados, e com o gosto dele ainda na minha língua, olho para trás, para a água e suspiro.

— Você se lembra de quando tínhamos a idade deles? No nosso casamento? — sussurro; não sei se é melancolia ou nostalgia que estou sentindo.

— Claro que sim, cada segundo, cada detalhe. — Suas palavras confiantes aquecem minha pele.

— Ah, é? Quer fazer uma aposta de que posso te confundir?

— Me ponha à prova, querida. — Ele ri. — Qual é a aposta?

Nunca me deixe solta em um cassino, eu tenho um problema com as apostas. A dificuldade é mesmo de verdade.

— Se eu ganhar, você tem que passar algum tempo sozinho com o Judd enquanto estamos aqui. Só você e ele; uma rodada amigável de golfe, almoço, o que for.

— E se eu ganhar? — ele cantarola, passando a ponta da língua ao longo da curva do meu ombro, baixando a alça fina do meu vestido para lamber a pele.

— O que você quer? — ronrono, com a cabeça inclinada para trás e olhos fechados, despreocupada com qualquer que seja a resposta.

Ele afasta meu cabelo agora e devora meu pescoço, deixando um resquício de calor úmido em seu rastro.

— Quero foder você no mar esta noite — ele grunhe, e eu sinto sua rigidez contra o meu traseiro; nossa faísca está quente e viva como sempre.

— Feito — concordo, na lata, pois ele vai vencer de qualquer maneira. Solto uma pergunta difícil logo depois: — Quando foi que finalmente concordei em me casar com você?

— Na décima sexta vez em que te pedi, no píer da Ilha Esmeralda. Tínhamos acabado de jantar, você comeu as vieiras salteadas e estava usando o vestido vermelho que te dei naquela noite. Você falou assim: "Eu te disse que quando realizasse todos os objetivos que tinha que conquistar sozinha, casaria com você. Eu me formei e consegui o trabalho de treinadora que queria, então, homem das cavernas, hoje, minha resposta é sim!". Depois coloquei o anel no seu dedo trêmulo e a levei de volta ao nosso apartamento. Seu vestido desabotoava pelo lado, sem sutiã, e eu lhe disse para deixar a cinta-liga preta que estava usando. — Ele lambe a parte de trás da minha orelha enquanto conta a história, me puxando com mais força contra ele, seu membro rígido me provocando cada vez mais. — Soltei seu cabelo, afastei aquela calcinha preta para o lado e te peguei por trás, curvada sobre a cômoda. Estou no caminho certo? — Ele me atormenta, puxando levemente meu lóbulo com os dentes, cravando as pontas dos dedos em meus quadris.

— Uh-huh. — Engulo em seco, meu foco dividido entre o desejo ardente irrompendo através de mim e o simples ato de respirar. — Nosso casamento, o que... — começo, mas ele me interrompe.

— Seu algo novo foram os brincos que seus pais compraram para você. O antigo, seu colar com a letra "D". E o emprestado foi o grampo de cabelo de diamante de Whitley. E o azul... — ele rosna, mas uma pequena risada desponta sorrateiramente — era um desenho que Sawyer fez de suas bolas, já que Em estava ovulando, deixando-o fora de uso por um tempo. Debaixo de seu vestido — sinto seu arrepio — era tudo de renda branca. E você tirou a lingerie, bem devagar, para que eu não rasgasse. O que eu teria feito. Então você me despiu, deitou-se de costas na cama e estendeu os braços. Você disse: "Eu quero que meu marido me ame, suave e bem lento". Nunca te vi mais bonita do que naquele momento. A antecipação em seus olhos, o tremor suave em seus lábios. Como se você já pudesse sentir como seria diferente, o que isso significaria.

Ele se lembra de tudo sobre mim e é tudo o que posso fazer para conter as lágrimas, ouvindo como cada detalhe que considero precioso realmente significava tanto para ele. Graças a Deus, Whitley adora planejar casamentos, e fez desse o dia perfeito. Mas não há tempo para relembrar e ficar com os olhos marejados agora, pois tenho uma aposta para ganhar aqui, então vamos ver se ele presta atenção em mais alguma coisa no ambiente.

Suportar

— A posição da minha dama de honra e das madrinhas, em ordem — desafio, com um ar confiante.

— Bennett foi sua dama de honra, depois Whitley, Emmett, Hayden e Samantha. — Fico boquiaberta, chocada, e ele ri, deslizando as mãos para cima para me espalmar meus seios. — Amor, você vai se aventurar naquelas ondas esta noite. Desista — ele rosna.

— Mais uma. — Eu anseio pela vitória, ainda que.... eu não queira mais vencer. — Nossa lua de mel, quando o alarme que não acionamos disparou, lembra? — Solto uma risadinha. Incapaz de lembrar de estar mais irritada do que naquele momento, exausta do melhor dia da minha vida e não querendo mais nada do que relaxar com nossos corpos entrelaçados, deitados na cama como marido e mulher o máximo de tempo possível, um alarme que nem sequer acionamos tinha nos despertado. — Que música tocou de forma estridente?

— "I'd Rather Go Blind" — ele se vangloria.

— Você sabe quantas vezes essa canção foi regravada? Por favor, seja mais específico. — Contraio meus lábios para manter a seriedade fingida. Tenho que fazê-lo se esforçar pela vitória.

— Versão de Sydney Youngblood. Eu sei, você é uma garota do mundinho alternativo, amor. Eu aprendi a prestar muita atenção.

— Muito bem, você venceu. — Faço um beicinho e me viro para montar em seu colo, passando os dedos por seu cabelo escuro, tocando nossos narizes. — Acha que consegue navegar pelas coisas importantes apenas à luz do luar?

— Com certeza, querida. — Ele dá uma piscadinha. — Acha que consegue segurar firme e aguentar tudo o que vou te proporcionar?

Assinto pouco antes de ele me beijar com todo o calor e intensidade da primeira vez.

Quando recuo para recuperar o fôlego, ele me prende com o olhar. O júbilo de seu olhar cintilando através de suas íris da cor de chocolate.

— Vamos acabar logo com este jantar, depois, você é minha. Temos que estrear o mar do Caribe.

— E?

— E, talvez, se ele não me irritar, eu convide Judd para jogar golfe amanhã.

— Meu Dane... mesmo quando eu perco, eu ganho.

Nós realmente deveríamos ter iniciado esta refeição com uma oração.

S.E. HALL

E pararmos a cada poucos minutos para fazer outra, apenas por precaução. Porque o Senhor sabe – sem trocadilhos –, que intervenção divina é a nossa única esperança neste momento.

Muitas pessoas em uma mesa só aumentam as chances de pelo menos um confronto, e agora que os pais de Evan, além de Blaze, finalmente, chegaram e se juntaram a nós, nosso jantar está reunindo mais de vinte pessoas. Aposto em um confronto, com certeza.

— Não consigo decidir para onde olhar — sussurro, ao abaixar a cabeça e colar a boca no ouvido de Dane.

— Vamos ter que nos dividir. — Ele ri, com a voz áspera, ligada pela mesma tensão palpável que sinto ferver ao nosso redor. — Estou pensando, você fica de olho no Sawyer, e eu fico de olho no Ryder. Ele está sorrindo demais para a nossa Brynn, babaca.

— Sawyer? Não, eu sempre tenho que ficar de olho nele! Isso é um trabalho em tempo integral, não terei tempo para me concentrar em Zach e Bennett.

Esta é a primeira aparição que os dois fazem o dia todo. Cuidando dela, uma ova! O pé dela não está tão machucado assim.

Meu pobre marido, pasmo, apenas olha para mim como se eu fosse anunciar que estou grávida de novo. Ele não faz ideia de toda a lenha em jogo e que pode ir parar na fogueira hoje à noite.

— Então, *Blaze*. — Ah, merda, Sawyer abriu o bico! Viro a cabeça naquela direção, esperando poder impedir o acidente de trem prestes a ocorrer. — Que raio de nome é esse, afinal? Seus pais realmente escolheram isso, ou é apenas uma merda de "*vibe* fodão" que você quer passar? — Sawyer zomba enquanto faz aspas com as mãos.

— Pai!

— Sawyer!

Presley e Emmett o repreendem enquanto Bennett cai na risada.

Mas Blaze, aparentemente um amigo de nossos filhos, e que nunca cheguei a conhecer – o que é estranho, já que o cara é suficientemente importante para alguns ou para todos ao ponto de fazer parte da festa de casamento –, apenas se recosta em sua cadeira e dá uma risada em um timbre profundo e autoconfiante. Sawyer focando nele era inevitável; deve ser como se estivesse se olhando em um espelho. O garoto é enorme, todo musculoso, coberto de tatuagens, cabelo escuro e curto e um ego tão pretensioso que emite dele em uma nuvem inevitável.

— É o que consta na minha certidão de nascimento — Blaze responde, o lado esquerdo de sua boca curvado em um sorriso arrogante.

— Ah, então seus pais devem ter pegado emprestado o livro "Nomes para não dar ao seu filho" dos pais de Ride Her — Sawyer retruca.

Graças a Deus, os quatro avós estão sentados juntos no final da mesa, e eu estou rezando que eles não consigam ouvir o desdobramento desse show de merda.

— Ryder é um ótimo nome, e ninguém sequer pensa em pronunciá-lo dessa maneira.

Brynn, sim, *Brynn Kendrick*, é quem corrige seu tio, embora com uma voz calma, hesitante e encarando a todos do outro lado da mesa, mas, ainda assim... em uma atitude completamente diferente dela.

Encaro Dane, de olhos arregalados e tão surpreso quanto eu com a explosão de nosso bebê. E então ouço o rosnado, crescendo em intensidade e volume desde a ponta dos dedos dos pés até o peito, quando seu olhar se conecta sem o menor pudor.

Ele encara Ryder, sorrindo do outro lado da mesa para Brynn como se ela fosse a coisa mais preciosa que ele já viu.

Não posso discutir com ele quanto a isso.

— Muito bem, *Ryder*, você está fora de perigo. Não posso irritar minha Brynny. — Sawyer sorri para ela com carinho, depois mostra uma versão presunçosa do mesmo para Dane. — Então, Blaze, é com você que vai ter que ser. Quem diabos é você e por que está aqui? E atrasado.

— Eu preciso de mais pão. Quem ainda tem algum na sua cesta? — Bennett interrompe do nada, procurando loucamente por cada cesta na mesa.

— A-aqui. — Emmett entrega uma, com um sorriso de... gratidão, creio eu.

— Não funcionou, senhoras. — O desdém de Sawyer é dirigido ao garoto. — Eu te fiz uma pergunta, Blaze.

Bato meu joelho no de Dane, as taças de vidro e os talheres de prata no tampo da mesa se agitando.

— Faça. Alguma. Coisa — resmungo, pelo canto da boca.

Ele se levanta rapidamente, batendo sua faca contra a taça.

— Eu gostaria de propor um brinde.

Todos se calam, a desgraça iminente esquecida pelo menos por agora, e se concentram em Dane. Noto que um pouco de cor retorna ao rosto da pobre Emmett, enquanto ela esfrega o ombro de Presley, e Whitley não parece mais estar quase chorando. Meu filho, entretanto, parece desapontado, pronto para assistir a mais fogos de artifício, motivo pelo qual eu o repreenderei mais tarde.

Dane pigarreia e eu o observo de cima a baixo. Tão bem-vestido em seu terno preto, impondo autoridade da maneira mais sexy. Meu pequeno suspiro deve ter saído um pouco mais alto que o normal, porque ele inclina a cabeça para mim e pisca antes de continuar.

— Gostaria de agradecer a cada um de vocês por estarem aqui, para se juntarem a nós, pais e avós, enquanto testemunhamos dois jovens maravilhosos que todos nós amamos iniciarem a abençoada jornada de amar um ao outro para o resto de suas vidas. Minha bela Skylar, minha primogênita, que nunca imaginei que fosse capaz de encontrar um homem digno dela — ele respira fundo, um balanço quase indecifrável de sua cabeça —, fez exatamente isso. Verdade seja dita, isso aconteceu há muito tempo, só demorei mais do que ela para perceber. Havia um garotinho que simplesmente não queria dar o fora. Toda vez que eu me virava, lá estava ele, bem ao lado de sua "Sky Sky".

Todos rimos da recordação, aquele doce anjinho de cabelo castanho, com suas botas e chapéu de cowboy, sempre bem atrás dela, chamando-a "minha Sky Sky".

— Eu acho que sabia que tinha perdido a batalha no dia em que a minha princesa, de salto alto de plástico rosa, implorou para levá-la para comprar uma vara de pesca e minhocas. Eu esperava que fosse apenas uma viagem, em que ela viveria uma experiência desagradável, correria para casa e se arrastaria para o meu colo e ficaria lá para sempre. Mas isso não aconteceu. E, então, um dia que nunca esquecerei, chegou. Uma tarde, uma caminhonete batida parou na entrada da minha casa, e um jovem muito familiar veio até minha porta. Só que desta vez, ele não me chamou de "tio Dane", nem me perguntou se JT estava em casa. Não, desta vez ele apertou minha mão e me chamou de "Sr. Kendrick", e perguntou se podia namorar minha filha.

Eu seco os meus olhos com um guardanapo, e vejo todas as outras mulheres à mesa fazendo o mesmo. Exceto Skylar. Minha filha está sorrindo de orelha a orelha, encostada nele, um braço levantado para que sua mão acaricie sua bochecha.

— Bem. — Dane ri. — Como Skylar já o tinha ouvido e veio voando pela porta gritando, eu tive que dizer que sim. Mas — ele faz contato visual direto com o rapaz — eu teria dito "sim" de qualquer maneira.

— Ah, papai. — Skylar agora chora, as palavras ecoando em um mero sussurro, enquanto seu noivo a puxa para mais perto.

— Judd Allen — Dane declara e, de alguma forma, transmite sua diretiva velada já que Judd dá um beijo suave na cabeça de Skylar e fica de pé como se fosse uma ordem. — Eu te amo, filho. Amo você desde o dia em que nasceu, de duas das melhores pessoas que conheço, que amam minha filha como Laney e eu te amamos. Vejo você adorar minha princesa desde o dia em que foi capaz de caminhar e falar, se comunicar efetivamente e tudo mais.

Outra onda de risos baixinhos ecoa.

— Não poderia estar mais contente por ser você, o único que pode colocar meu sorriso favorito dela em seu rosto. Mas lembre-se, rapaz — ele arqueia uma sobrancelha —, eu a amei primeiro. Feroz, incondicional e infinitamente. A qualquer custo. Não espero nada menos do homem que a amará por último.

É isso, não consigo me conter mais, chorando ainda mais que Whitley.

Os olhos de Dane brilham um pouco e suas últimas palavras saem abafadas enquanto ele levanta sua taça:

— A Judd e Skylar.

— A Judd e Skylar — todos nós repetimos e brindamos.

Minha filha vai se casar com o filho de Evan.

Bom... o que é ainda maior do que um círculo completo?

CAPÍTULO 13

MAIS DO QUE PALAVRAS

Dane

Depois de terminarmos o jantar, Evan e ambos os avôs também se levantaram para fazer um brinde; após incontáveis abraços de boa-noite, eu me certifiquei de que todos os meus filhos tivessem seus próprios planos. Que não incluía um banho noturno no mar. Ou estar em qualquer lugar perto da água, na verdade. Uma vez que tive isso garantido, prossegui a arrastar minha esposa nessa exata direção.

— Dane, não precisamos de nossas roupas de banho? — Laney ri, tentando caminhar na escuridão, demorando muito tempo em fazê-lo para o meu gosto.

— Não. — Paro e me viro, pegando-a por baixo dos joelhos e jogando-a sobre meu ombro. Estive pensando em cobrar nossa aposta a noite toda, meu pau em perpétuo estado de dolorosa ereção debaixo da mesa durante a refeição.

— Ah, meu Deus, você está fazendo uma cena. Vamos ser pegos e presos. Isso não fará uma bela recordação de casamento para as crianças. — Ela tenta soar horrorizada, mas o riso por trás de suas palavras a trai. Supostamente, espera-se que você comece a agir de forma mais "madura" em algum momento da vida, mas Laney se recusa, e isto é uma coisa em que eu alegremente a sigo.

Nunca me cansarei do espírito jovial de Laney, o fato de que ela toca sua música mais alto do que nossos filhos e realmente pensa que faz um rap melhor do que... quem quer que seja que ela escute. E nunca vou parar de fodê-la, em toda e qualquer oportunidade que tiver, em qualquer lugar, como um adolescente tarado.

— Aposta é aposta, amor. — Eu a coloco de pé quando chegamos à água, escolhendo propositadamente um lugar isolado atrás de uma grande rocha, para nos proteger da vista. — Você perdeu, agora comece a se despir para mim.

— D-Dane. — Ela olha em volta, verificando se há algum possível espectador.

Como se eu fosse deixar alguém ver minha esposa nua.

— Nua, agora. — Dou uma piscadinha. — Faça-me um show, gostosa.

Muito obstinada para romper o contato visual, ela ousadamente sustenta meus desejosos olhos azuis cativos nos seus castanhos enquanto desabotoa a camisa. Minha língua desliza pelo meu lábio inferior, impaciente por um gosto da pele suave que ela está revelando. E, finalmente, lá está, minha Estrela do Norte, a única sarda no meio de seu peito que eu amo desde a primeira vez que a vi. Se *eu* posso vê-la, sempre sei que estou no lugar certo, ou pelo menos que estou indo nessa direção.

Ela desliza a camisa de seus ombros e fica esperando, ansiosa pela minha próxima instrução explícita, o fogo nos olhos dela inconfundível.

— Agora o sutiã. — Tiro os sapatos e as meias às cegas, não ousando interromper o contato visual.

Com a mão às costas, ela solta o fecho, depois segura o tecido solto com as pontas dos dedos, apenas implorando para que eu tome o controle. O que estou inclinado a fazer com mais frequência do que não, mas esta noite, *esta noite*, quero ser provocado e atraído a possuí-la.

Eu inclino a cabeça e dou um sorriso sugestivo, deixando-a saber que o próximo movimento será dela, e que esperarei por isso.

Mordendo o canto do lábio, ela deixa as alças penderem pelos braços. Fico ainda mais duro diante da vista, seios altos e firmes, com pontas rosadas, saltando para mim com sua respiração arfante. Fico literalmente com água na boca para chupar um deles e brincar, mas, ainda assim, eu me contenho.

— Amo seus peitos, garota linda. — Abro o botão da minha calça e depois abaixo o zíper, dando um pouco de espaço para meu membro duro. — Amo ainda mais essa sua bunda, então me mostre. Continue.

Ela lentamente começa a tirar a própria calça enquanto faço o mesmo com minha camisa, meu peito nu ao mesmo tempo em que ela apruma a postura usando apenas uma calcinha de renda azul. Abaixando um pouco minha cueca boxer, eu me libero, acariciando meu pau para cima e para abaixo com um agarre firme.

— Venha aqui — grunho. Observando minha mão em fascínio, ela caminha em minha direção. — Quero você fazendo isso por mim. Me acaricie, amor.

Quando seu pequeno, mas firme agarre se envolve ao meu redor e aperta antes de começar a deslizar pelo meu comprimento duro, agarro o cós frágil de sua calcinha, onde a renda se acomoda em seus quadris arredondados, e com um puxão, eu arranco a peça de seu corpo. Sem precisar de instrução, ela me solta e se ajoelha, abaixando minha boxer até os meus calcanhares, onde a tiro por completo.

Meu pau se move na direção da boca dela, ali mesmo, e implora para ser tomado.

— Me coloca na sua boca. Me chupa gostoso, Laney. — Ela inclina a cabeça para frente e envolve os lábios ao redor da cabeça, passando a língua por baixo da dobra. — Caralho — rosno. — Boa garota, desse jeito.

Minha mulher sabe chupar um pau. Eu ensinei isso a ela. Mas ela é boa demais, e tenho outros planos, então a detenho, puxando gentilmente seu cabelo.

Estou farto da emoção das preliminares, pronto para preencher mais do que sua boca. Abaixo uma mão para ela segurar, ajudando-a a se levantar e nos encaminhamos até a água.

A temperatura está boa e quente, em meio a uma escuridão completa a não ser pela luz do luar. Espalmo sua bunda sem o menor esforço, e minha mulher envolve seus braços e pernas ao meu redor.

Eu nos levo até abaixo do píer que se alonga para dentro da água e coloco uma mão em sua cabeça, tomando cuidado com ela enquanto passo por baixo. Pressiono suas costas contra uma das largas colunas de madeira e a aviso, em um sibilo:

— Segure firme. — Meu autocontrole já foi embora há tempos, pois preciso me enterrar dentro dela mais do que preciso respirar.

— Mmm... — ela ronrona, e aumenta o aperto dos braços ao redor do meu pescoço, as pernas torneadas circundando minha cintura; contraindo as coxas com forças contra meu torso. — Me ame, amor.

— Eu te amo, sim. Mas agora, eu vou te foder. Com força. — Esse é o único aviso que dou a ela antes de deslizar meu pau por entre as paredes quentes e molhadas, feitas somente para mim.

Com a cabeça inclinada para trás, um som que não reconheço ecoa do mais profundo do meu corpo por conta da sensação. Ela é sempre tão boa, *minha*, um encaixe perfeito. Aquela boceta apertada, a qual nunca paro de querer, contraindo-se ao redor do meu pau desde o segundo em que a penetro.

Sei que os homens funcionam à base de um mito de que sexo não é tão bom na água, que a condição não é tão fluida quanto você gostaria, mas quando a boceta na qual você se encontra está encharcada e pronta, tudo desliza como deveria. E a boceta de Laney me absorve ávida e impecavelmente, a lubrificação natural de seu desejo por mim a mais suave perfeição.

Uso uma mão para me apoiar na madeira atrás dela, e a outra embaixo de sua bunda para a segurar. Faço o movimento de vai e vem dentro dela, inclinando sua pélvis até que seus gemidos aumentam e se tornam mais altos, me dizendo que estou atingindo exatamente onde ela precisa.

— Você gosta disso, não gosta?

— Mhmm. — Ela agarra minha nuca e une nossos lábios, enfiando os dedos no meu couro cabeludo.

A água respinga e rodopia ao nosso redor quando minha garota se move mais rápido, abrindo ainda mais as coxas para dar acesso total conforme estremece, contrai, e balança os quadris em cima de mim.

— Isso mesmo, amor, dança gostoso no meu pau. Caralho.

Beijo sua boca de novo, saboreando seu centro molhado ao meu redor e a pulsação cadenciada da doce boceta que abrigou e sentiu apenas o meu pau. Esse é um pensamento poderoso que faz coisas carnais e selvagens com a cabeça, coração, e o pau de um homem... A ponto de crescer dentro dela em um encaixe quase impossível, fazendo o fogo familiar do orgasmo começar a surgir pela base da coluna.

Quando estou aqui, dentro da minha Laney, minha esposa... tudo deixa de existir. Minha única preocupação é quantas vezes posso fazê-la gozar antes que eu exploda. Meus únicos pensamentos se concentram em como chegar mais perto, mais fundo, para permanecer conectado a ela para sempre. Meu único desejo é senti-la me cobrindo com o seu, o nosso prazer.

— Caramba, amor, você...

Perco o raciocínio quando ela arrasta as unhas pelas minhas costas e as desliza até a minha bunda, agarrando as nádegas e me puxando para mais perto, com mais força, para dentro dela. Deslizo uma mão entre nós e encontro seu clitóris, girando com a exata pressão e velocidade que sei que ela gosta, até que ela grita noite adentro, exigindo que eu me desfaça também.

— De quem? — Impulsiono com força, depois saio devagar até que apenas a ponta permaneça em seu centro quente e molhado. — Fale. De quem você é, amor?

— Sua, Dane, somente, sempre, sua.

Foi o que pensei.

Laney

— Parece que você acabou de fazer um bom exercício — Bennett supõe, sem o menor pudor, arqueando uma sobrancelha quando encontramos ela e Zach no meio da calçada do resort.

— Nós fomos nadar — rebato, mantendo o queixo erguido.

— Nadando, fodendo. — Ela balança a mão, dispensando minha explicação. — Tanto faz. De qualquer forma, nós estávamos indo à sua procura para resolver um assunto. Os avós foram todos para a cama, o que significa que a bebida foi liberada, assim como as garras de Sawyer. Zach aqui acha que devemos deixar quieto, que Blaze e/ou Ryder, quem quer que seja que ele esteja atacando a cada segundo, pode aguentar. Eu, no entanto, acho que devemos detê-lo.

— Santo Deus, vamos lá. — Começo a passar por ela com pressa, mas Bennett agarra meu braço.

— Por *nós*, eu quis dizer que devemos fazer Zach e Dane irem controlar seu garoto enquanto *nós* nos sentamos aqui fora e colocamos o papo em dia. Meu pé dói, preciso de ar fresco e não a vi o dia todo.

— Okay, vamos lá. — Eu a ajudo a mancar até uma mesa de pátio próxima e nos sentamos. — Divirtam-se, meninos! Me avisem se não conseguirem lidar com isso. E, Dane?

— Sim, querida? — Ele caçoa, em pé onde eu o deixei com os braços cruzados sobre o peito, sobrancelhas tentando se encontrar no meio.

— Relembre seu filho que ele não tem idade suficiente para beber.

— *Meu* filho? É a primeira vez que a ouço dizer isso em algum tempo.

Zach ri e dá um tapinha no ombro de Dane.

— Isso porque ela acha que ele está fazendo algo errado. Não se preocupe, ele voltará a ser o filhinho da mamãe amanhã, quando estiver sóbrio. Vamos lá. E nada de perambular com esse pé, Bê.

— Mande alguém aqui fora com bebidas! — Bennett pede após eles saírem. — Alcoólicas, feitas com pelo menos três frutas!

— Então — pergunto, sem mais rodeios —... onde você esteve o dia todo? — Meu nariz faz cócegas por causa do riso desconfiado que estou segurando.

— Uh, em meu quarto. Pé machucado, lembra?

— Meu Deus, quão grave pode ser? Ainda tem algum espinho? Deixe-me ver! — Coloco a mão sobre meu coração e suspiro.

— Eu ainda tenho um pé bom, que vou usar para chutar a sua bunda, o que acha?

— Uh huh, boa tentativa de mudar de assunto. — Estreito o olhar.

— Se você está entalada com algo aí, Laney, é melhor colocar para fora. — Ela se inclina para trás e cruza os braços, olhando para mim, enquanto franze os lábios.

Aqui vai... Certamente não tenho medo de Bennett. Com o passar dos anos, ela tem dominado a arte de "colocar para fora". Bem, ela vai escutar agora. *E a quem ela acha que está enganando?* Ela me pediu para ficar aqui fora, porque esta é a exata conversa que nós duas sabemos que ela queria ter, para que não implodisse.

— O que está acontecendo entre você e Zachary Taylor Reese? — Eu sorrio, apoiando-me nos cotovelos.

— Eu saberia a quem você se referia se tivesse apenas dito "Zach". — Ela revira os olhos. — E nós somos melhores amigos, como sempre. Odeio desapontá-la, Gossip Girl. Um beijo pra você. — Ela me manda um beijo no ar.

Bato a mão no tampo da mesa.

— Você é tão cheia de caô, Bennett! Eu vi a maneira como você tratou Tia!

— Quem? Ah, a empregada que Zach levou para mergulhar? Pssst. — Ela joga seu cabelo sobre o ombro. — Eu não a tratei de nenhuma maneira. Eu realmente conversei de forma amigável, não foi? E se ela não consegue lidar com aquela pequena pitada da minha legítima curiosidade, ela nunca conseguiria entrar para a Galera. Veja, nos poupei tempo e dor de cabeça.

— E quanto ao Shane, o Sr. Beisebol? O que está rolando com ele?

— Não faço ideia. É capaz que ele já até voltou para casa, pelo que sei. E eu não o convidei. O Sawyer convidou — ela debocha... só que com um tom muito mais escroto do que uma brincadeira normal exige.

— O Sawyer também o convidou para dançar? Você nos ignorou completamente para rebolar com ele a noite toda.

— O Zach me convidou para dançar e eu não fiquei sabendo? Acho que não. Estou na Jamaica, e havia música e uma pista de dança. Eu dancei. Não foi nada demais. Deixe-me perguntar uma coisa: Shane fodeu o meu rosto, como Zach e camareira-meretriz fizeram, e de alguma forma eu não vi isso também?

Ela está ficando muito na defensiva – código vermelho –, suas bochechas e o pescoço quase igualando o mesmo tom do cabelo, a língua afiada como uma navalha. Além disso, ela agora está usando as mãos para se comunicar, e não apenas quaisquer gestual de mãos — temos aqui o caratê cortando o ar, ou a imitação de uma faca cortando a garganta de alguém.

É o momento perfeito para pressionar. Porque é para isso que servem os amigos e tudo mais. Além disso, eu adoro as minhas performances em uma discussão acalorada.

— Por que isso importa, Bennett?

— Não importa! — *Por mais que eu não queira que os caras voltem com nossas bebidas e interrompam, um calmante faria bem a esta garota.*

— Então por que você está gritando? — grito de volta. Ela só pode ter sido drogada pelo ar jamaicano se pensa que vou ficar sentada aqui adulando sua birra.

Eu posso, literalmente, ver os nódulos pulsantes de controle ao longo de sua garganta, conforme ela engole seu lado psicótico.

— Eu. Não. Estou. Gritando — ela fala, entredentes, mas agora com um volume razoável.

— Então você não está com ciúmes? — Batuco as pontas dos dedos na mesa, com a outra mão casualmente apoiando meu queixo.

— Nem um pouco. É um pouco tarde agora, de qualquer maneira — murmura, de forma arrastada e com a voz abafada, mas eu a ouvi.

— Por quê? Bennett, por que agora é um pouco tarde? O que é um pouco tarde agora? — suplico, praticamente salivando para que ela abra as comportas e me deixe ajudá-la a remar com segurança para a margem.

— Zach é ótimo, honestamente, ele é meu melhor amigo no mundo inteiro. Sem ofensa, você também é, mas tem uma família para cuidar. Zach

Suportar

e eu, bem, nós só temos um ao outro para nos preocupar. Tia simplesmente não parecia certa para ele, mas eu não deveria ter sido tão rude com ela. Eu vou consertar isso.

Eeeee, fomos de oito a oitenta. Tão rápido que estou até tonta.

— Bennett. — Eu me inclino e cubro sua mão com a minha. — Você sabe que eu quero que seja feliz, todos nós queremos, independentemente de como pareça. Você e Zach apareceram com uma tonelada de acompanhantes diferentes ao longo dos anos, mas desta vez, nesta viagem, algo está diferente. Eu posso sentir isso, Ben, assim como sei que você também pode. Você sabe que pode falar comigo, sem julgamento.

O barulho aflito que ela deixa escapulir só pode ser descrito como o que soa a tristeza, algo puro e cruel, e que me dói dentro do peito só de ouvi-la.

— Zach e eu seremos sempre amigos, próximos. Eu não vou a lugar algum, e qualquer nova vadia que vem se arrastando e pensa diferente pode beijar meu fabuloso traseiro. Mas.... — Ela parece distraída e vejo o brilho das lágrimas em seus olhos. — Às vezes, quando você fecha uma porta e esconde a chave... você esquece onde a coloca, e nunca mais pode abrir a mesma porta.

O que isso significa? Aconteceu alguma coisa entre Zach e ela? Há quanto tempo? *O que está por trás da maldita porta???*

Ela ri, embora de forma dolorosa e brincalhona, balançando a cabeça. Acho que eu disse, gritei, ou... sei lá, proferi tudo isso em voz alta.

— Não pense muito sobre isso, Laney. Você não é uma chaveira. E eu não te chamaria, mesmo que fosse. Você adora seus contos de fadas e finais felizes. Bem, deixe-me te dar um grande *spoiler*. Muitas dessas donzelas poderiam ter encontrado uma saída para fora de suas torres. Elas não queriam fugir. Elas queriam ser resgatadas.

Ela se levanta e apoia o peso do corpo em um pé só.

— Venha, é hora de encerrar a noite — diz, estendendo a mão.

Faço de menção de segurar a mão dela, confusa e longe de estar pronta para o fim desta conversa, quando uma voz grave nos sobressalta:

— Deixe-me ajudá-la, Ben. — Zach, que estava oculto às sombras, dá um passo à frente. Tento decifrar a expressão de seu rosto, algo que sempre me orgulhei por ser capaz de fazer, mas ele não revela nada.

O quanto ele tinha ouvido?

E do que *ele* foi capaz de ouvir, será que *entendeu* tudo o que ela *não* disse?

S.E. HALL

CAPÍTULO 14

DE ALGUMA FORMA

Bennett

Seu rosto inexpressivo e olhar vazio causaram o oposto de seu efeito desejado, dizendo o que eu suspeitava plenamente. Ele ouviu o que eu disse. Expondo os pesares do meu coração abatido e partido em uma mensagem enigmática que, sem dúvida, ele decodificou. Eu não conseguia segurar tudo isso nem por mais um segundo tortuoso, então desabafei de uma maneira em que descarreguei parte do fardo, mas, ainda assim, me senti escondida.

Alguns segredos nunca podem ser revelados.

Eles não iriam entender, e eu perderia tudo o que me restava.

Porém, certamente, posso discutir isso com Zach.

— Nada a dizer? Criticar? Nenhuma pergunta a seguir? — Faço um biquinho enquanto ele caminha comigo de volta para o quarto.

Sua risada de escárnio soa baixa.

— Você está bêbada?

— Não! Você acha que não teria notado se tivesse bebido todas?

— Você tomou seus analgésicos em dose dobrada? — Ele envolve um braço ao redor da minha cintura, rígido e puramente para apoio, provavelmente notando que estou mancando um pouco mais, já que passei muito tempo em pé hoje.

— Pergunte logo o que você realmente quer saber. — Chega de brincadeira e covardia. Ele segura a porta aberta, esperando que eu entre, mas me recuso. Não vou a lugar algum até que ele use aja como um cara adulto e me faça a pergunta verdadeira; aquela que sinto queimar em sua língua.

— Eu só... — Ele abaixa o queixo, erguendo a mão para massagear a nuca. Então, de repente, ele levanta a cabeça. Decidido a ir em frente. Com determinação em seus olhos verdes, ele me encara sem hesitar, narinas tão dilatadas quanto suas pupilas. — Eu não entendo você, Bennett. — Ele bufa. — Que diabos está acontecendo com você nesta viagem, hein? Por que estava agindo como uma megera com a Tia? E as divagações loucas com Laney? Eu fiz algo errado?

— Não. — Expiro lentamente, derrotada e exausta. Uma sensação autêntica, conforme passo por ele pela porta. — Você não fez nada de errado. Só me ignore, estou de TPM. — Invento uma desculpa.

— Não, não está. — Viro a cabeça de supetão, chocada, suas bochechas vermelhas de embaraço, como nunca o vi demonstrar antes.

— *Como* é que sabe disso?

— Está brincando, não é? Bennett, pense em todas as compras de absorventes que fiz pra você, a embalagem roxa, sem perfume, porque os perfumados são perigosos para... não importa. Ou que tal todas as vezes que fiquei procurando sua compressa de água quente, porque você estava com cólica e não conseguia se lembrar de onde a havia guardado. E não nos esqueçamos da minha favorita, buscar a sua receita de anticoncepcional por você. É assim que eu sei. Agora vou te colocar na cama antes que você comece a se comportar de forma mais louca esta noite.

Ainda atordoada com a infinidade de informações embaraçosas que ele acabou de dizer – não tinha percebido que ele sabia tanto sobre mim –, manco até o meu quarto com o mínimo de ajuda possível; sentindo-me louca o suficiente para que seja realmente "aqueles dias" do mês.

Desabo no sofá e tiro a atadura e o único sapato que estou calçando, superchique, atiro tudo do outro lado do cômodo. Droga, esperava ter acertado algum objeto com isso.

— Você sabe que não te mereço, não sabe?

— Uh hum — ele murmura, vendo-me fazer birra com os cantos da boca curvados em um sorriso divertido; uma bela boca, lábio inferior muito mais carnudo do que o superior.

— E você não merece a forma como estou agindo. Por isso, se eu te pedir para ficar e assistir, digamos, "Eagle Eye" — *por acaso sei que é um dos seus favoritos, e o vi na lista do Pay-Per-View de Dane* —, eu não me surpreenderia nem te culparia se você dissesse não.

— Não faço ideia do que te deu esta noite, mulher, mas você está

Suportar

agindo de um jeito estranho. — Ele arranca os sapatos e as meias... Deve ser a tentação do "Eagle Eye". — Só que quero tomar banho antes de o filme começar, porque ambos sabemos que vamos cair no sono antes de acabar. Então, quer ir primeiro?

— Não, pode ir, eu estou bem.

Ele estica o braço por trás da cabeça e puxa a camisa, porque não podia ter esperado até estar no banheiro para fazer isso só para me torturar agora.

Zach é um cara grande, o mais alto de todos os meninos, com mais de 1,80 m de altura, e não há um grama de gordura em seu corpo. A leve dispersão de pelos em seu peitoral é da mesma tonalidade escura do loiro em sua cabeça e a tatuagem tribal em ambos os ombros é tão sexy que chega a ser pecaminoso.

Mas não é nada que eu não tenha visto centenas de vezes antes. Então, porque estou sentindo o latejar doloroso entre as minhas pernas esta noite, não faço ideia.

— Não — ele diz, sombrio e firme.

— Não o quê?

— Não olhe para mim como se eu *não* fosse ser seu maior arrependimento pela manhã. Eu vou tomar um banho, Bennett. Enquanto estiver lá dentro, pense por que não é uma opção, e quem estabeleceu essa regra. Depois, coloque um pijama comportado e deixe o filme a postos.

E com isso, ele caminha para o banheiro e em poucos segundos ouço a água do chuveiro começar a correr. Fico feliz que ele seja tão imune à atração e ao cenário romântico que nos rodeia em todos os lugares para onde olhamos. Sua cabeça fria me dá a ilusão autopreservadora de escolher a prorrogação que preciso para me endireitar.

É só que... Zach e eu somos os únicos "solteiros" aqui no paraíso, cercados por corpos seminus, emaranhados na maior parte dos casos. Além de todo o papo sobre casamento. E embora Zach e eu passemos mais tempo juntos do que a maioria dos casais... Sinto-me só. Muito só.

Sim, *esse* tipo de solidão.

Zach é o único homem com quem me sinto segura, ou próxima, desde que perdi Tate. Então, todos aqueles acompanhantes com quem meus amigos me viram circular ao longo dos anos? Tudo fachada, em parte para evitar a piedade deles, mas principalmente para que não começassem a comprar gatos de presente para mim. Cada um daqueles homens disse boa-noite à porta, isso quando eu não os encontrava no local com meu próprio carro, aí, nesse caso, o boa-noite era desejado por ali mesmo.

Exceto um.

E *esse*, e todas as memórias associadas, é a minha dose recorrente de realidade, fazendo questão de me lembrar que por mais que eu tente me enganar, não quero ficar sozinha para sempre.

Será que o Tate iria querer que eu passasse meus dias sozinha?

Sei, sem dúvida, que ele não gostaria disso. Mas será que ele...

Não, não vou seguir por esse caminho. Chega de pensar por uma noite. Decidida, eu me afasto de todos esses pensamentos e manco no corredor para pegar um pouco de gelo da máquina, só para o caso de o latejar no meu pé piorar.

— Ah, desculpe-me — peço desculpas à mulher que vira a esquina do corredor, em quem quase esbarro. É verdade, eu não estava olhando para onde estava indo, mas Rahana, de acordo com sua placa de identificação do resort, estava andando para trás!

E agora que ela se foi e não está mais bloqueando minha visão, vejo o que a levou a dar um último olhar: Ryder está de pé na máquina de bebidas, corando de orelha a orelha.

— Amiga sua? — pergunto.

— Definitivamente, não. — Ele é inflexível. — Eu diria que ela estava agindo de maneira totalmente inapropriada, mas parece que muita coisa não é considerada inapropriada na Jamaica. Eu não a encorajei de forma alguma, ela está longe de ser o meu tipo.

— E qual é o seu tipo?

Ele pega o balde da minha mão e começa a enchê-lo de gelo para mim.

— Não sei, acho que... garotas inteligentes, motivadas e seguras de si mesmas. Do tipo que chama a atenção por não procurar por atenção. Se isso faz sentido.

— Ah, faz sentido. — Sorrio e pego o balde agora cheio. — Obrigada, Ryder, tenha uma boa noite.

— Você também.

Chame isso de intuição, ou meu sexto sentido, mas no meu retorno, faço um desvio e volto para o meu quarto por um corredor totalmente diferente. E, como eu suspeitava, eu a vejo, mas ela não me vê, muito absorta. *Brynn*. Espreitando a esquina para observar, e suspeito, a pequena interação dele poucos minutos antes.

— O tipo dele parece com alguém que você conhece? — Ela salta três centímetros do chão quando pergunto, surpreendendo-a.

Suportar

107

A adorável Brynny fica encarando o chão, tirando o peso de um pé para o outro enquanto murmura:

— Não sei, talvez.

— Talvez, Brynny. Apenas talvez. Boa noite, preciosa.

— Boa noite, tia Ben.

Volto em silêncio para o quarto, na esperança de evitar o sermão que tenho certeza de que receberei se ele souber que saí mancando para pegar meu próprio gelo. Felizmente, ele ainda está no banho, então eu me apresso e visto meu pijama. E assim que estou colocando o filme, Zach se junta a mim na sala de estar, usando apenas seu short cinza de academia colado aos quadris, além do cabelo úmido.

— De onde veio o gelo? — Ele repara na hora.

— Serviço de quarto — minto na maior cara de pau e dou um sorriso largo. — Agora venha ver o filme comigo.

Eu mencionei que Zach é um cara grande? Isso significa que, quando ele se aconchega contra você no sofá – por razões de espaço, é claro –, você vai acordar em algum momento da noite para tentar escapar da fornalha que seu corpo emite.

Mas mesmo que eu esteja sufocando, e minhas entranhas estejam sendo cozidas por dentro, não me atrevo a ceder um centímetro. Porque me sinto protegida, feminina, como se este lugar em que me encontro agora, esmagada contra esse homem gigante e viril, fosse esculpido especificamente para eu preencher.

— Pare de pensar e volte a dormir. — Seu resmungo sonolento agita o meu cabelo, envolto por seu braço que está aconchegado sob minha cabeça como um travesseiro.

Já dormimos desse jeitinho tantas vezes, não sei por que estou, de repente, desconcertada, desconfortável em minha própria pele. Talvez porque os primeiros raios do amanhecer, infiltrando-se sorrateiramente pelas cortinas fluidas, trouxeram alguma sanidade de volta noite passada.

— Sinto muito por ter sido indelicada com a sua acompanhante. Eu vou pedir desculpas — murmuro.

— Não, você não sente e já discutimos isso. Pare. Volte a dormir. — Ele me puxa para mais perto de seu peito infernal de tão quente. — Durma, Bê. — Ele deposita um beijo suave no topo da minha cabeça.

Assim que ouço sua voz e relaxo a ponto de adormecer, acordo novamente, mas desta vez não é porque estou assando viva. Não, este despertar vem na forma de uma batida incessante na porta. E quem quer que esteja do outro lado dela, é melhor ter trazido reforços, porque acabaram de interromper um dos melhores sonhos que já tive.

Era uma fantasia tão vívida, com meu coração tão envolvido quanto meu corpo e imaginação, que chego a me sentir um pouco culpada.

Entre outras coisas.

— Deve ser a Presley — Zach geme, levantando-se para atender. Eu já sei que ele está certo. A princesa Pê é conhecida por sua característica e inconfundível batida rápida. Mais ou menos como Sheldon Cooper, só que ela não fica dizendo seu nome... porque então tiraria toda dúvida de que é ela, e provavelmente tem medo depois de tantos "gritos de alerta", que nós podemos não responder.

Não, eu só estou rabugenta de manhã cedo. Nós sempre responderemos.

— Onde está a tia Bê? — Ela está tão perturbada que, de alguma forma, não me viu... escondida no sofá a três metros à sua frente.

— Você está ficando mais quente, continue andando adiante — brinco... me vingando por ela ser uma destruidora de sonhos. — E é melhor você estar em chamas! — Okay, agora terminei.

— Preciso da sua ajuda! — O cabelo dela, tão escuro e sedoso como o da mãe, está uma bagunça e as olheiras profundas e roxas não estão favorecendo sua aparência em nada.

Eu me sento e dou tapinhas no lugar ao meu lado, me preparando para qualquer situação complicada em que a mais frágil de minhas sobrinhas tenha conseguido se enfiar. Esta garota é a prova ambulante de que o Senhor trabalha de maneiras misteriosas, porque se ela fosse mais como seu pai, com quem ela não compartilha nem um fragmento de DNA, eles seriam objeto de um estudo científico em algum lugar.

Mas nunca, e quero dizer nunca, deixe Sawyer ouvir você fazer um comentário sobre suas semelhanças, mesmo que seja um elogio. Tanto quanto uma insinuação de que Presley não é cem por cento filha dele fará com que você morra. E eles nunca encontrarão seu corpo.

Admito, às vezes, fico com um desespero profundo e não preenchido no meu instinto, sabendo que nunca terei filhos meus, bem além do meu auge nessa área. Mas depois me recordo do quanto meus cinco bebês do Esquadrão adoram sua tia Bennett, e fico de boa novamente. Não há nenhum deles cuja fralda eu não tenha trocado, ou não tenha levado para sair em nossos encontros "só eu e eles". Sem mencionar que já me sentei na frente e no meio de mais eventos esportivos do que sou capaz de contar, e nunca, nem uma única vez, uma de suas múltiplas cores de equipes diferentes não ficou bem em mim.

Eu sou uma tia tão versátil.

— Aqui está. — Zach volta da cozinha acoplada e me dá uma xícara de café; um gole confirma que ele fez exatamente como eu gosto, creme e açúcar em dobro. Logo após, ele se senta na poltrona.

Ah, sim, ele é a versão masculina minha para as crianças, o tio sem filhos, imparcial, "tio legal", então nunca houve qualquer dúvida de que ele estaria participando desta conversa.

— Vocês — Presley solta uma risadinha e balança a cabeça — são tão bons com conselhos, a menos que se aplique aos dois.

— Batemos na sua porta assim que o sol deu as caras? — Zach chama sua atenção erguendo uma sobrancelha, para a qual ela imediatamente balança a cabeça. — É isso mesmo, então já chega com a provocação. Agora, o que se passa com você, Pê? Não, espera, posso adivinhar?

Seu belo rosto cora, os olhos azuis-violeta dobrando de tamanho.

— Isso provavelmente vai me fazer sentir pior. Se você acertar, isso significa que é óbvio. E se for óbvio, então você, provavelmente, não é o único desconfiado. Mas tudo bem. — Ela torce as mãos. — Pode falar.

Ele não perde nada.

— Que o garoto Ryder está sendo atormentado sem motivos, porque ele é apenas seu estepe para Blaze — Zach diz, com um sorriso torto e triunfal; Toco na ponta do meu nariz, com um *ding ding ding*, porque ele simplesmente acertou em cheio na resposta usando menos palavras do que até mesmo eu poderia ter conseguido.

E por mais que eu odeie depreciar a vitória de seus sentidos de Aranha de qualquer maneira, para que sejamos uma válvula de escape eficaz para as crianças, eu tenho que mantê-lo atualizado sobre a linguagem urbana. Não posso permitir que ele reduza nossa "credibilidade nas ruas".

Especialmente porque Presley está cobrindo a boca com a mão, para que ele não a veja rindo... dele.

Eu me inclino e ponho uma mão no bíceps de Zach, um belíssimo bíceps, e franzo a testa brincando.

— Só se chama estepe se alguém for do mesmo sexo e usar essa pessoa "estepe" para fingir não gostar do mesmo sexo. Isso não se aplica a ninguém neste pequeno fiasco. Logo, sem estepe. Mas boa tentativa. — Dou-lhe uma palmadinha no queixo para suavizar o golpe. — Presley apenas sabe que o paizinho dela surtaria mais para cima do bad boy Blaze, do que o garoto bonito da fraternidade Ryder. O que ele ainda pode muito bem fazer. Pode levar um minuto, mas seu pai não deixa muita coisa passar batido. — Estreito o olhar para ela. — Então eu pararia de rir.

Zach solta uma respiração pesada, passando uma mão sobre a mandíbula que está decorada deliciosamente com a barba por fazer, fazendo um som bem sexy ao coçar os pelos curtos.

— Merda, Presley, que diabos você está pensando?

— Eu sei — ela choraminga, recostando ao sofá. — Me ajudem! O Blaze nem deveria ter vindo, mas ele acha que tenho vergonha dele, daí ele ficou irritado e resolveu aparecer! E eu não tenho vergonha dele, nem mesmo um pouco! Sou absolutamente louca por ele! Mas ele não é o tipo de homem que vai esperar até que você decida assumir um relacionamento de fato e, por outro lado, me recuso a arruinar o casamento de Skylar com meu drama. Então, o que eu faço agora?

— Hmmm, você perdeu uma parte crucial do problema — digo, saindo de fininho para o banheiro para tirar a horrível combinação do hálito matinal e de café, dando-lhe tempo para ela tentar descobrir por si mesma o que estou insinuando.

— O que você quer dizer? — ela grita, às minhas costas. *Ela nem tentou pensar na resposta.*

— Pense um pouco — eu a desafio e começo a escovar os dentes, deixando-a refletir um pouco mais.

— Bê, por favor — ela choraminga. — O meu cérebro já está dolorido! Apenas me diga.

Enxáguo a boca e cuspo.

— Quanto mais você finge se aproximar de Ryder, mais perto você se aproxima de magoar a Brynny.

— Brynny? O que ela... — A lâmpada finalmente se acende. — Aaaaah... — Presley diz, lentamente. — Mas que merda!

— Meu Deus — Zach geme, com a cabeça inclinada para o teto. —

Quando vocês se prepararem para tecer uma teia, certifiquem-se de fazer um bom trabalho. Okay, eis o que vamos fazer. Presley, seja amigável com o Blaze, assim as coisas com ele permanecem apaziguadas. Mas não muito amigável, para que seu pai permaneça tão "são" quanto podemos esperar dele. E deixe o Ryder de fora. De jeito nenhum Brynn vai se machucar no fogo-cruzado de toda essa besteira. Enquanto isso, vou tentar bolar uma ideia melhor. Agora vá, para que possamos nos preparar.

— Preparar para *o quê?* — Ela ri.

— Cuidado com a língua, mocinha — ele diz em um tom espirituoso, mas determinado.

— Pensei que seria legal começar a chamar vocês de Zennett, ou talvez Bach. — Ela ri.

— Muita imaginação que você tem, Pê. — Tento rir, em desdém, mas a risada sai entrecortada e severa. Em outras palavras... falsa.

— Você é uma pirralha, e não é mais minha favorita. Agora, se manda. — Ele dá um grande beijo em sua bochecha antes que a porta da frente se feche atrás dela.

Eu me apresso de volta para o banheiro e tranco a porta, sem a menor pressa para me arrumar, imaginando o tempo todo... Somos realmente tão transparentes para todos, exceto para nós mesmos?

E então ouço a porta se fechar pela segunda vez, mas, desta vez, é com um estrondo.

CAPÍTULO 15

O JOGO COMEÇOU

Zach

Nossa caminhada para nos reunir a todos na praia é feita em um silêncio desconfortável e pouco familiar. Ben e eu nunca tivemos dificuldade para conversar numa boa, até agora. Ela está alguns passos à minha frente, seu delicioso traseiro, mal coberto por um biquíni verde-limão, balançando em um ritmo provocante, meu pau notando de modo apreciativo. Compartilho uma cama ou sofá com a garota o tempo todo; isto não deveria estar me afetando tanto quanto está.

Mas, rapaz, é sempre assim.

Pensei que nós dois estivéssemos esclarecidos sobre o que "nós" somos, e eu tinha chegado a um ponto em que estava bem com isso. Eu ainda saio, ainda transo por aí, e ainda coloco nossa amizade em primeiro lugar sempre. Bennett é mais importante para mim do que qualquer outra pessoa no mundo. Mas o que *não* concordo é em ser o alvo de seus jogos mentais passivo-agressivos, excitantes e solitários, de isca e troca. O calor e o frio, o escárnio em sua voz ao se esquivar do comentário inofensivo de Presley, a expressão em seu rosto se transformando como se o simples pensamento de um "nós" a deixasse nauseada... Ela me conhece bem demais para pensar que vai dar merda.

Só de pensar nisso, fiquei tão frustrado que, quando nos aproximamos do local onde nosso grupo está isolado na costa, largo tudo o que estava carregando como o maldito empregado dela no chão.

— O que foi isso? — Ela me encara, com a cabeça e o quadril ambos

Suportar 113

inclinados. Se ela tivesse alguma ideia de como sua versão "raivosa" era enxergada pelo meu pau... ela pararia de fazer isso. E é por isso que não lhe digo.

— Não sei o que você quer dizer. Estava pesado. — Retiro minha camisa e meu chinelo, deixando-a ali de pé com toda sua beleza irritada enquanto eu me dirijo para a água.

Para encontrar um espetáculo desastroso ainda maior.

Desde quando a Galera, e sua segunda geração, se tornou tão horrível na comunicação? Sou o único que nota a adorável Brynn, nossa "bebê", sentada debaixo de uma árvore, sozinha, lendo?

Estou bem ciente de que ela adora ler, todo mundo está, já que ela tem feito isso desde que tinha uns 5 anos... mas tenho certeza de que isso pode esperar até que ela não esteja na praia, de férias, e talvez a uns seis metros de distância do garoto por quem ela tem uma paixonite.

— Zach ataca. — JT vem saltando para o meu lado, os hormônios loucos em seus olhos piscando como faróis. — Dá uma olhada naquilo. — Ele me cutuca, apontando para a dama de honra, seja qual for o nome da menina, boiando na água como o sonho de todo garoto. — Essa Macie, puta merda. Vou precisar levar aquele corpo de Bugatti para um *test drive*. — Ele esfrega as mãos, com um sorriso diabólico.

Esta é a parte em que eu deveria dar a ele todo o discurso de "respeite as mulheres", elucidando o significado de uma verdadeira conexão que cresce a partir de uma base construída lentamente, à prova de estilhaços, mas ele tem um pai para isso. Além disso, eu não tenho um "bom exemplo" para oferecer. Quero dizer, olhe para mim e minha situação fodida.

Mas eu amo o garoto e tenho um interesse velado no tipo de homem em que ele se tornará, de modo que o instinto prevalece e dou a ele o discurso de qualquer maneira.

— Apenas seja inteligente, Jefferson. — Pronto, usei seu nome verdadeiro e completo. Isso implica uma sabedoria superior, certo? — Você tem muito a oferecer a uma jovem moça, além do que está pensando. Vá com calma e cuidado, amigão. De forma lenta e constante se ganha a corrida. — Bagunço seu cabelo e me afasto.

O melhor que tenho para ele neste momento, com este humor esquisito com o que estou; são vários clichês sem sentido amarrados juntos. *Ótimo trabalho que fiz ali.*

— Ei, garotinha. — Vou até lá e me sento ao lado de Brynn. — O que você está lendo? — Agora, essa aqui, eu posso ajudar o dia todo, não importa meu humor.

Eu sei que não deveria ter favoritos e me esforço muito para não demonstrar, mas Brynn é uma jovem tão excepcional, excedendo e refutando todo e qualquer estigma ligado a alguém de sua idade, que, às vezes, não consigo evitar. Ela sempre ocupou um certo lugar em meu coração, reservado apenas para ela. E, como sua mãe, essa menina nasceu com uma alma envelhecida muito além de sua idade. Ela é... fascinante, inspiradora... incrível.

— Oi, tio Zach. É só um romance. — Ela o vira ao contrário para me mostrar a capa. E eu desejo na mesma hora que não o tivesse feito.

Mas o que é aquilo?

Eu rapidamente cubro os olhos dela com a mão... Estou no meio de um rolo tão grande hoje que esta solução de alguma forma faz sentido para mim, como se ela já não tivesse visto a capa do livro que está lendo.

— Brynny, você está me matando, garotinha. Você precisa de um bom livro para ler, e nisso eu posso ajudar. Você já deu uma olhada em "Os dons de Jimmy V" ou "Quando o orgulho ainda importava"? Ambos são excelentes escolhas!

Ela repousa a cabeça no meu ombro e solta uma risada preciosa.

— Você sabe que já. Você leu os dois para mim quando eu era pequena. Uma das razões pelas quais você estava entre as minhas babás favoritas.

— Só estou me certificando de que você se lembra. — *E torcendo para que você pare, neste mesmo instante, de ler o que quer que esteja em sua mão e revisitar um deles.* Eu beijo o topo de sua cabeça fofa. — Então, Ryder, hein? Foi ele que chamou a atenção da minha garota?

— Ai, meu Deus — ela grunhe, cobrindo o rosto com as mãos. — Alguém em toda esta família sabe como manter a boca fechada? Não, espere, sim, eu sei! Eu não disse nada a ninguém, então como você, quero dizer, por que a pergunta?

Anjinho, eu adoro esta garota.

— Sua tia Bennett pode ter tido um palpite. Não precisa que ninguém lhe diga, você sabe que ela está em sintonia com vocês, crianças, com aquele sexto sentido esquisito dela.

— Isso é verdade. É, não importa de qualquer maneira. Ele anda com a galera de Judd e Sky. Garotas mais velhas, glamorosas e crescidas que vão a todas as festas. Sabe?

— Por que você acha que seu pai queria tanto sua mãe? — Seu lindo rosto está cheio de esperança e curiosidade enquanto ela olha para mim, esperando que eu dê a resposta mágica para a vida. — Porque ela era *diferente*, Brynn. Ela tinha uma beleza natural que irradiava dela desde o momento em que acordava de manhã. Ela era confiante sendo ela mesma, e ninguém podia tirar isso dela. Não fez mal algum ela ser tão bonita quanto você. — Eu sorrio, dando um empurrão de brincadeira. — Você tem algo especial, Brynn, raro. E o cara certo poderá perceber isso imediatamente.

Ela bufa uma risada, também adorável.

— O que ele vai ver, uma *nerd* calada em um uniforme sujo com os músculos dos braços estranhamente musculosos?

— Você adora jogar *softball*, arremessar?

— Você sabe que sim — ela responde minha pergunta mais com a melancolia em seu tom do que com as palavras reais.

— Então é isso que ele vai ver. Essa paixão, dedicação, garra. E ter os músculos tonificados não é uma coisa ruim, garotinha. — Eu rio. — Ser inteligente também não. E só de falar com você, eu sei. Ao contrário do que a maioria dos caras de sua idade pode pensar agora, cabeças de vento que só sabem balbuciar por aí estão longe de ser atraentes.

— Você tem que dizer tudo isso, você é parte da minha família — ela murmura.

— Não tenho que dizer nada. E sendo da família, eu também seria o primeiro a ser honesto com você quando necessário. Que é exatamente o que estou fazendo, sendo honesto. Você consegue, Brynn, e estou muito feliz por pensar nisso como um segredo. Me deixa saber que os caras errados não foram capazes de enganar o que você sabe que, lá no fundo, é verdade, e que o cara certo ainda está por aí. Agora olhe. — Aponto. — Estão organizando um jogo de vôlei de praia. Não há aqui uma garota que possa te superar nos esportes, e eu sei que até você sabe que isso não é segredo! Vamos. — Fico de pé, estendendo a mão para ajudá-la a se levantar. — É hora de a Brynny brilhar!

— Vocês dois vão jogar? — JT pergunta enquanto nos aproximamos.

— Com certeza! Brynn está na minha equipe! — E não estou dizendo isso só por conta "do motivo", eu a escolheria na minha equipe a qualquer dia; a garota é uma atleta cabulosa.

— Boa tentativa, meu velho. É Galera *versus* Esquadrão. Eu, Judd, Ryder, Blaze, Brynn e Macie contra... bem, é melhor você encontrar cinco dos outros grandes anciões corajosos o suficiente para se juntarem a você.

— Dane, diga a seu filho que estou prestes a fazê-lo comer areia. — Laney vem caminhando, alongando o pescoço em preparação para a batalha.

— Mamãe! — JT coloca a mão sobre o coração, fingindo estar magoado.

— Não sou sua mãe dentro dessa quadra, rapaz. — Laney faz o sinal universal de competitividade, aproximando os dedos aos olhos e apontando de volta para ele. — Pode vir, Esquadrão. Beckett, Evan, tragam seus traseiros para cá! É hora de dar uma lição nesses moleques. Bennett, com você somos seis, bora! — Note que ela escolheu Bennett, com um pé machucado, ao invés de Whitley ou Emmett. E foi a escolha inteligente, por mais triste que isso seja.

Agora é pra valer. Laney tem um anseio por competição e quer sangue... até mesmo o de seus próprios filhos. E você tem que amar a ironia. A mais atlética de seus três filhos, Brynn, permanece fria como gelo. Nem um único sinal externo de agressão ou de competitividade sanguinária pode ser encontrado. E ela dá uma surra em Laney a cada jogo; e isso não tem preço.

— Nós sacamos — Laney afirma, arrancando a bola da mão de JT.

— *Não*, nós tiramos a sorte para ver quem saca — ele argumenta. — Você esqueceu as regras?

— *Não* — ela o imita —, agradecemos nossa mãe por passar nossas enormes cabeças por uma abertura estreita de seu corpo e deixamos sua equipe sacar.

— Pensei que minha mãe não estivesse aqui? — JT retruca. Ele, definitivamente, herdou a sagacidade dela e, muitas vezes a supera; o que também não tem preço.

— Ah, ele tem piadas. Espero que tenha o dinheiro da mensalidade do próximo semestre? — Laney ergue uma sobrancelha, um sorriso arrogante espalhado de orelha a orelha. — Não, nada mais a dizer? Imagine só. Mais alguém tem alguma objeção? — ela pergunta ao resto de sua equipe, todos abanando a cabeça freneticamente e recuando. — Ótimo!

— Emmy, você sabe que preciso da minha trilha sonora de aquecimento! Manda ver! — Sawyer grita para sua esposa e em segundos, a notória abertura de *"Thunderstruck"* começa a tocar bem na hora e a cabeça de Beckett começa a balançar. — Essa mesmo, baixinha.

— Talvez você deva se preocupar menos com sua música de aquecimento e mais com o aquecimento de seus músculos velhos — JT o instiga do outro lado da rede.

Bem, ninguém pode dizer que não fizemos nosso trabalho ensinando a próxima geração a arte das provocações. Eles ainda nem sequer começaram a jogar e os velhos já podem reivindicar uma vitória. Que será a única que teremos. Sabe o que é ainda mais triste do que nossas probabilidades? O fato de que Laney e Sawyer realmente acham que temos uma chance.

— Você tem certeza de que não quer jogar, amor? — Judd pergunta a Sky, esparramada em sua canga na lateral da quadra. — Vou ficar de fora dessa.

Ela olha para ele com metade admiração, por sempre pensar nela primeiro, e metade confusão, por pensar que haveria a mínima chance de ela querer jogar. Apesar de parecer com a mãe, ela não age nem um pouco igual.

— Estou bem aqui, mas torcerei por você! — Ela sorri e ergue seu celular. — Tenho nossa canção de aquecimento pronta também!

E ela tem mesmo, explodindo "Stomp" quando nossa música termina.

Meu Senhor, que comece o jogo de vôlei "amistoso". É tudo muito divertido até que alguém leve uma cortada no rosto com a bola. Nessa possibilidade eu apostaria.

Bennett, Dane e Evan estão nas posições no fundo da quadra, porque eles realmente amam nossos filhos e são capazes de se conter perante a competição, mas Laney está na rede fazendo algum tipo de sinal de gangue – que nenhuma gangue que se preze jamais usaria – para Brynn (que dará uma surra em sua mãe com tanto esforço quanto ela precisaria para tirar uma soneca). Estou na frente de Ryder, parado como uma pessoa normal, e, sim, Sawyer, de fato, acabou de mostrar a bunda para Blaze. O que também significa, é claro, que ele a mostrou para todas as crianças daquele lado da rede.

Estou na maldita da posição errada.

Coisa boa. Diversão familiar tranquila e saudável.

— Sua família leva os jogos a sério desse jeito? — pergunto a Ryder.

Ele ri desconfortavelmente.

— Hmm, não, não muito. De jeito nenhum. Estamos mais preocupados em aumentar a autoestima da minha família.

Claro, faz sentido.

— Okay, vamos fazer isto! Vamos lá, Bê! — Laney bate palmas, encorajando Bennett que está sacando primeiro para nós.

O que teria sido ótimo... se a bola tivesse passado por cima da rede, em vez se acertar a parte de trás da minha perna.

Um *remake* mal dirigido de *Game of Thrones* se inicia, cheio de golpes e do que devem ser consideradas faltas, tanto de variedade verbal quanto física. Sinceramente, acho que Sawyer passou mais tempo do lado deles da rede do que do nosso... mas Blaze devolveu tudo o que ele queria, garanto.

Quando eles estavam sacando o ponto do jogo, que surpresa, estou muito ocupado rindo para jogar de verdade. Bennett, literalmente, permaneceu imóvel no mesmo lugar o jogo inteiro, não só porque seu pé ainda está machucado, mas porque ela é muito ruim. Não que tivéssemos alguém para substituí-la; nossas escolhas entre Whitley ou Emmett simplesmente não foram tentadoras o suficiente.

Por sorte, eles também tinham um elo fraco – Macie –, mas pelo menos ela tentou. E ela realmente ajudou nossa equipe a atrasar a vitória deles por todo esse tempo, proporcionando uma distração para JT, acabando por custar a eles dois jogadores – o garoto está totalmente caidinho por ela.

Mas a MVP no geral, humilde e talvez alheia ao fato, é Brynn. Sem sombra de dúvidas.

E quando ela lança seu último saque bem onde pretendia – na frente de Bennett, onde a bola cai com perfeição a seus pés –, a vitória do Esquadrão é selada.

— Ótimo saque, querida! — Laney sorri, orgulhosa demais de sua garota para perceber que ela acabou de perder.

Ryder sai correndo, chutando areia para todo lado e levanta Brynn, girando-a em um círculo.

Eu comeria areia o dia todo para manter aquele sorriso no rosto dela.

É isso aí, Brynny.

Após o jogo, vou para o meu quarto para me preparar para o ensaio. Não que eu tenha um papel complexo na cerimônia, exceto o de apoiar Sky e Judd. Como sempre fiz, e sempre farei.

Não há como negar o que os dois compartilham.

Por alguma razão, deixo a porta do quarto entreaberta. Aquela esperança ridícula dentro de mim – que se recusa a desaparecer por completo, a pequena voz dentro da minha cabeça que está realmente convencida de que mereço apenas uma chance de ser aquele que, desta vez, será procurado –, se apoia nessa atitude patética.

Eu ligo a água no chuveiro para deixá-la aquecer e encontro uma boa *playlist* no meu celular para romper o silêncio. "House Party", do bom e velho Sam Hunt, começa a tocar, e é impossível não sorrir quando isso acontece. Tiro minha roupa, descobrindo que metade da areia da praia veio comigo, e entro.

E para não fazer desfeita com esse banho em detrimento dos outros que tomei nos últimos anos, minha mão envolve meu pau já duro dessa vez também. A água quente deveria aliviar a dor e a tensão em meus músculos, mas não o faz, apenas aquece ainda mais a urgência enquanto puxo com força e rapidez meu membro.

O vapor deveria embaçar as visões por trás das pálpebras, fechadas com força, mas não, elas também estão comprometidas. A mesma imagem que tem sido reproduzida, desde que me lembro, é nítida, à frente e no centro, tão vibrante como sempre. E *aquelas palavras*, roucas, incapazes de serem retomadas, e, certamente, inesquecíveis, ardem em meus ouvidos enquanto gozo em minha própria mão.

Nunca vai embora.

Nada, nem ninguém, jamais encontrou uma maneira de chegar sequer perto de ultrapassá-la, ou suprimi-la.

CAPÍTULO 16

NÃO FOI O QUE ENSAIAMOS

Bennett

Há algo inquietante no ar enquanto caminho até a praia para o ensaio. Deve ter alguma coisa a ver com aquelas lendas urbanas antigas que alegam que as verdadeiras ruivas, que constituem menos de 3% da população, são bruxas. E como sou uma ruiva legítima, estou, definitivamente, sentindo um *vibe* de bruxaria.

Quando paro no local, Whitley está deslocando as pessoas como se fossem manequins, dando ordens a torto e a direito com frases do tipo "fique aqui, não, ali não" sendo disparadas de sua língua enquanto Pablo tenta se esconder atrás de uma árvore. E o padre... acho que aquilo não é água benta em seu cantil de prata. Alguém realmente deveria dizer a ele que o sol reflete em objetos prateados, revelando seu pequeno vício. Não que eu possa culpá-lo, porém.

Eu me sento ao lado de Laney, observando em silêncio, com Dane do outro lado dela. Você pensaria que os pais da noiva, sabe, os que estão pagando por toda esta festa, opinariam mais. Mas, mais uma vez, ambos já conheceram Whitley.

E não tirariam isso dela por nada no mundo.

Ah, não se enganem – este casamento é tanto sobre Whit quanto sobre a noiva de fato.

Eu sei que ele se junta a nós sem nem ao menos precisar virar a cabeça. Eu sempre sei. Não consigo explicar, e me lembro constantemente de não tentar. Simplesmente sei. Mas há um novo desenrolar de cenário... Tento não deixar que isso me incomode quando ele escolhe se sentar ao lado de Dane ao invés do meu.

Tanto faz. Ele vai superar isso, ele sempre o faz, na forma de uma noite casual ou alguma outra coisa. Certamente Tia estará por perto para limpar seu quarto em breve.

Tento não deixar que esse pensamento me incomode também.

— Você está animada? — Seguro a mão de Laney e ofereço a ela meu maior sorriso.

— Sim. — Ela suspira, embora com alegria. — Eu sei que não deveria estar pensando que ela é muito jovem, já que eu tinha a idade dela quando me casei com Dane — ela funga. — Mas, *caramba*, como ela é jovem. — Ela ri de si mesma.

— Não importaria se ela tivesse 30 ou 80 anos, ainda seria com o Judd — digo a verdade.

— Sem dúvida. — Ela assente, mordendo o lábio inferior e endireitando os ombros. — Obrigada, Ben, eu precisava ser lembrada disso.

— É para isso que estou aqui. Quando você sabe, você sabe.

Zach solta uma risada debochada, a três cadeiras de distância, alto o suficiente para que eu ouça. Laney me lança um olhar inquisitivo e dou de ombros. Sei exatamente por que ele fez isso, o que está pensando.

— Que diabos, Whit? Você perdeu uma de suas anotações ou algo assim? — Sawyer resmunga enquanto vem caminhando pela praia, com a voz zangada e alta. — Parece haver uma falha em seus planos, Sra. Planejadora.

Como sempre, ninguém sabe de que diabos ele está falando... até que todos nós olhamos para a frente, bem para onde ele está indo, e tudo se encaixa. *Oh-oh*. Parece que houve algumas alterações de última hora quanto ao cortejo, pois Blaze agora escoltando Presley até o altar. O que coloca Ryder com Macie, embora, a julgar pela maneira como ele está olhando para Brynn, ele nem se dá conta de que está na companhia de Macie. Mas Brynn é a dama de honra de sua irmã, e JT é, logicamente, o padrinho de Judd, portanto, nem mesmo a incrível tia Bennett pode consertar essa.

— Presley será acompanhada por Ryder. Aquele — Sawyer aponta para Blaze — não é o Ryder. Estou tentando ser gentil, cooperar pelo bem de Skylar e Judd, mas esta merda não vai rolar!

E agora aquela *vibe* de bruxaria que tenho sentido começa a fazer sentido.

Dane fica de pé e vai até Sawyer.

— Não estrague o casamento da minha filha. É apenas uma caminhada de vinte segundos, nada demais. E se Skylar tem idade suficiente para se casar, Presley tem mais do que idade suficiente para dar um passeio breve e público com esse garoto. Elas vieram sozinhas para a Jamaica, andaram por aí de biquíni, e esta é a parte que te preocupa?

— Isso é tudo? — Sawyer pergunta à sua filha, sugestivamente. — Só uma mudança nos pares, para oh — ele apruma os ombros —... risadinhas e essas merdas. Nada mais deveria preocupar seu velho pai?

— Pare — Emmett resmunga, irritada, o tom mais áspero do que já tenha usado alguma vez desde que a conheço. — Este é o dia da Skylar. Não se trata de você, nem da Presley.

Ele ignora sua esposa, o olhar fixo em Presley.

— Te fiz uma pergunta, Pê.

— Você ainda tem 25 anos, certo? — Blaze, rapaz corajoso, mas burro, muito burro se dirige a Presley e ela nem sequer pensa em se dar conta da pergunta dele, com o rosto envergonhado.

— Que porra você acabou de dizer? — Sawyer começa a avançar na direção dele, Dane pula à sua frente e Zach sai de sua cadeira agora também; bem no meio do caminho.

Meus olhos encontram Skylar, com a cabeça enterrada no peito de Judd, enquanto Whitley e Evan também tentam tranquilizá-la.

— Não estou de brincadeira com você, Beckett. Minha garota está ali chorando. Cale a boca e resolva suas questões depois. — O corpo inteiro de Dane está tremendo, ele está tão bravo que seu tom é um aviso tenebroso.

A mão de Laney está agora amassando a minha. Sério, acho que sinto os ossos rachando. Mas Dane está lidando com a situação (mais ou menos) e eu conheço a Laney. Ela pode estar morrendo de vontade de ir colocar Sawyer em seu lugar, mas não vai enfraquecer o controle de Dane sobre a situação na frente de todos.

Mas eu, com certeza, vou.

— Sawyer. — Eu desvio e me esquivo da multidão ao redor dele até estar na sua frente, cutucando seu peito com o dedo. — Por que você faria isso com Skylar? Você sabe que ela não merece esse tipo de atitude e você ficaria furioso se algum idiota de cabeça quente e egoísta tentasse arruinar o dia especial de Presley. Você precisa se acalmar!

— Eu concordo — ele rosna, entredentes. — Mas não gosto que mintam para mim ou me enganem quando se trata da minha única filha. Agora, Presley Alexandra Beckett, tudo isto pode acabar agora mesmo, e eu poderei ir abraçar a Sky e implorar por seu perdão, se você responder minha pergunta. Assuma o que for preciso, mocinha.

Eu me viro para fazer contato visual com Presley sem saber exatamente qual mensagem quero tentar transmitir. Mentir ao pai dela pelo bem de Sky, possivelmente irritando o namorado no processo, ou dizer a verdade e, literalmente, acender o rastilho na bomba?

Vejo como Presley olha para Skylar, sua melhor amiga, unida pela vida, desde o nascimento... e vejo Skylar sorrir, apoiar sua amiga e assentir com a cabeça.

Presley gesticula com a boca "Eu sinto muito" para ela e depois se volta para seu pai com firme determinação em seu rosto e uma elevação desafiadora de seu queixo.

— Tá bom, sim. Blaze é meu namorado mais velho, tatuado e pilota uma Harley! Tem sido há meses! E estou apaixonada por ele! Feliz? — ela grita, erguendo as mãos.

— Ora, seu filhinho da puta — Sawyer berra, indo para cima do não tão "filhinho" da puta em questão.

— Sawyer! — grito, e me jogo em suas costas, me agarrando a ele como se minha vida dependesse disso. — Você perdeu o juízo?

— Você perdeu? — ele grunhe, girando, tentando me arrancar de cima dele. — Emmy, Gidget, porra, eu aceito até a Whitley. Uma de vocês vem buscar essa garota!

— Puta que pariu, Bennett, saia de cima dele! — Ouço Zach no meio do caos.

— Não até que ele se acalme! — Bato na parte de trás da cabeça de Saw. — E peça desculpas a todos, especialmente à Sky! — Bato de novo.

Como meus ouvidos captam tudo em meio ao barulho, não faço a menor ideia, mas ouço Blaze perguntando a Presley:

— Pensei que você tivesse dito que a loira, a mãe da Skylar, era a louca? — Eu começo a rir tanto que afrouxo meu agarre sobre Sawyer.

Mas nem tenho tempo de cair de bunda no chão, porque Zach está bem ali para me pegar.

— Graças a Deus, Judd é um herdeiro, porque ninguém em seu perfeito juízo se casaria com alguém desta família. — Ele balança a cabeça para as minhas palhaçadas.

— Cala a boca. — Faço um movimento para ele ficar calado e giro em torno de Sawyer mais um pouco. — Saw, você não sabe nada sobre o

Blaze, exceto que ele o faz lembrar de si mesmo! E como isso é uma coisa tão ruim? Acontece que acho que você é muito machão. Você não pode ao menos tentar ser imparcial, dar uma chance ao rapaz? Certas coisas estão destinadas a acontecer, e ninguém sabe realmente até tentar!

— Você consegue se ouvir quando fala? — Certo, mudança na programação previamente agendada. Obviamente, Zach tem algo mais a dizer. Ou gritar. Todos estão chocados com sua interrupção improvisada, até mesmo Sawyer, que fica parado e quieto. — Bennett Cole, você é uma maldita hipócrita que precisa muito de uma lição de "pratique o que você prega"! Você é... você... meu Deus! — Ele puxa o cabelo, seu rosto um vermelho irritado e incapaz de concluir pensamentos ou frases completas.

— Não vá a lugar algum, Blaze! — Sawyer grita por cima de seu ombro, assistindo ao novo espetáculo. — Não estou nem perto de terminar com você ainda, isto é apenas mais interessante. Porque você é um desgraçado chato do caralho!

— O que diabos está acontecendo agora? Contratamos câmeras escondidas para gravar alguma gafe para compensar os custos ou algo assim e você se esqueceu de me dizer? — Ouço Laney perguntar atrás de mim.

— Infelizmente, não. Nós saímos deliberadamente com essas pessoas — Dane responde a ela. — Por favor, vá ver se sua filha está bem.

— Estou aqui, papai — Skylar entra na conversa. — E estou bem; farei o tio Sawyer se sentir um lixo depois. Não posso perder isso.

Inacreditável. Ninguém poderia inventar esse tipo de merda.

Bem, se a Skylar não está chateada, e obviamente extasiada... que comecem os jogos!

— De que diabos você está falando? — grito com Zach. — Vamos lá, você pode fazer melhor que isso! Se tem algo a dizer, melhor falar logo tudo! — Mexo os dedos em ambas as mãos, implorando-lhe que diga. *Se você abrir a boca, vou me certificar de que diga tudo com todas as letras.*

Quando eu me tornei tão... hostil? Irritada?

— *Dar uma chance ao cara?* — ele zomba das minhas palavras anteriores. — Destinadas a acontecer? Ninguém sabe realmente até tentar? Você é a última pessoa que deveria estar distribuindo esse conselho!

— Eu dou uma chance às pessoas! — Bato o pé no chão, em uma escolha errada, e quase morro de dor.

— Sim, aos malditos que não servem para você. Como Kendall, o completo idiota, que não conseguiu encontrar sua, uh, deixe pra lá. — Ele franze a testa desculpando-se com as crianças.

— *Ponto-G?* — JT o ajuda, ganhando uma bofetada na cabeça de sua mãe.

— Definitivamente o que ele ia dizer. — Sawyer sorri e bate o punho com JT. — Se você estiver tendo algum problema nessa área, vem falar comigo mais tarde.

— Sawyer! — Laney grita. — Simplesmente, não. Nem acredito que tenho que te dizer isso.

Como nunca ofereceram que tivéssemos nosso próprio reality show?

— E traiu você! — Ah, que ótimo, a teatralidade ainda tem que dissuadir Zach, de voltar a exibir minha roupa suja, para todo mundo ouvir. — Mas com certeza ele estava te enviando alguma coisa boa por mensagem, antes mesmo de estarmos aqui por vinte e quatro horas! Por que ele está de volta na jogada, pensando que vocês dois vão jantar na próxima semana? Por que esse idiota não está bloqueado no seu celular? E quem é que pensa que ser chamada de "belas tetas" é de alguma forma sexy?

— O quê? Eu não vi essa mensagem. Você a apagou? — Agora estou furiosa, como ele ousa anunciar aquele apelido doentio que Kendall se recusa a deixar de me chamar?! Ah, e apagando minhas mensagens, sim, definitivamente isso também. Eu me aproximo, (o pé já está latejando mesmo, então que se dane), minha mão apenas tremendo com a vontade de esbofeteá-lo... se eu pudesse alcançar seu rosto. Desgraçado alto do caralho. — E como você sabe minha senha?

Ele está pedindo para apanhar com aquela expressão condescendente com a qual está me olhando.

— É. O. Meu. Aniversário. É assim que eu sei.

— A senha do celular dela é o aniversário dele? Isso é grande coisa, né? — Sawyer pergunta a alguém atrás de mim.

— Por que, Bennett? Por que todos os idiotas que *eu* sei que não importam para você, têm chance após chance? — Sua raiva desapareceu, agora substituída por uma confusão desesperada que me apunhala o coração.

E eu simplesmente não consigo sentir nenhum entusiasmo com o que vou responder, apenas honestidade abafada:

— Porque não há risco, nada com que me preocupar ou pensar. Nada com que me importar de qualquer maneira. Não posso me queimar se não houver faísca.

— Ah, há um risco, mas não um que você percebe, ou talvez perceba, e não se importa com isso também. Não o suficiente para reconhecê-lo de qualquer forma. E sem faísca, hein? — Sua cabeça inclina de leve para um lado, o canto de sua boca curvado em um sorriso arrogante. — Quando foi a última vez que houve uma faísca, Bennett?

Minhas sobrancelhas quase somem da minha testa em descrença. Ele está brincando comigo com isso? Aqui, agora, ele finalmente pergunta isso? Traz à tona o que ignoramos em particular durante anos, diante de uma plateia?

— Quando, Bennett? — ele repete, os braços cruzados sobre seu amplo peito, os olhos me implorando para responder, honestamente.

Não há som amortecedor para o ruído das ondas, do vento ou dos pássaros por cima. Na verdade, tenho quase certeza de que posso ouvir cada respiração dos nossos espectadores cativados, a única interrupção no silêncio sufocante.

— Estou falando sério, Bennett. Responda à pergunta, aqui mesmo, agora mesmo.

Sinto Laney se movendo atrás de mim, me avisando que está comigo, não importa o que aconteça, com a mão no meu ombro.

Abro a boca, os olhos de Zach se iluminam... mas não consigo. Em vez disso, eu procuro Skylar.

— Eu te amo, minha menina linda, e este é o seu momento.

E, com isso, eu saio correndo, com um pé inútil, sem olhar para trás, esperando que nosso espetáculo desencoraje a agitação de Sawyer e que o resto do ensaio possa acontecer sem problemas.

CAPÍTULO 17

O CAMINHO PARA O INFERNO É PAVIMENTADO COM A MELHOR DAS INTENÇÕES FEMININAS

Zach

Até agora meu dia estava sendo tão excelente, que não consigo imaginar ficar ainda melhor. E quando sinto alguém se sentando ao meu lado, não estou apenas otimista de que este é o grande ponto de virada.

Mesmo que o cheiro intoxicante de lilás, seu xampu favorito, ou o pico iminente de adrenalina em minhas veias não estivesse faltando, eu ainda saberia instantaneamente que não era ela se juntando a mim. Porque ela nunca vem até mim.

E eu me convenci de que estou farto de sempre ir até ela. Deixe que ela brigue consigo mesma, para variar. Não é como se eu conseguisse falar alguma coisa quando ela está irritada.

Percorri um longo caminho pela costa, então como é que alguém me encontrou?

— Porque você é enorme, um pouco difícil de não notar, e sou muito esperta e tudo mais, alguns podem até dizer que sou como uma felina — Laney responde minha pergunta aparentemente dita em voz alta, e dá uma risada ao gesticular a mão como uma garra.

— O que você está fazendo aqui? Imaginei que ainda estaria ocupada dando uma surra no Sawyer.

— Não, ele pediu desculpas, a todos, exceto ao Blaze. E houve um sério suborno envolvido. Sawyer ficará em dívida com Skylar por favores e presentes por um longo tempo. E todos nós sabemos que Sky vai tirar o máximo proveito.

— Ótimo, ele deve isso a ela. Assim como eu. Vou conversar com ela mais tarde e consertarei as coisas.

— Ele deve mesmo, e eu sei que você consertará. Não estou preocupada com isso e a Sky está bem. Mas pelo menos entendo o que está incomodando Saw, por mais exagerado que ele seja ao se expressar. O que não entendo é o que está acontecendo com você. E com uma certa ruiva linda, que eu amo tanto quanto amo você. — Suas sobrancelhas se elevam até a raiz do cabelo, com a cabeça inclinada.

— Laney. — Solto um suspiro frustrado pelo nariz e inclino a cabeça para trás para olhar o céu, esperando que todas as nuvens se juntem e me deem as respostas. — Já foi um dia tão longo, e ainda temos as despedidas de solteiro esta noite, que tal se não tivermos essa conversa?

— Nem eu ou você somos os noivos da vez, então o show continuará sem nós, mesmo que estejamos um pouco atrasados. Então, que tal se tivermos essa conversa?

Se eu não a amasse, sua persistência me deixaria louco.

— Você está enrolando — ela cantarola. — Desembuche.

— Eu nem saberia por onde começar.

— Tente pelo começo.

Talvez eu devesse. Já faz muito tempo que Laney e eu não tínhamos uma de nossas velhas conversas francas, e se há alguém que vai me mandar a real, sem preocupações com sentimentos feridos ou com o que quero ouvir, é Laney Jo Kendrick.

Mais de uma vez ao longo dos anos, um de meus próprios discursos sem limites a tirou de seu pedestal, e ela sempre pareceu apreciar e se beneficiar disso, então talvez seja hora de eu receber uma grande dose da minha própria terapia de amor bruto.

Respiro fundo e abaixo a cabeça para agora olhar para o mar – as nuvens falharam comigo –, mas ainda não tenho certeza do que estou procurando.

— O começo é a parte que vai te irritar mais, Laney. Vai machucar as pessoas também, muitas pessoas, e não quero fazer isso.

— Então, ao invés disso, você vai continuar sofrendo, sozinho? Não há solução à vista? Se você se preocupa o suficiente com todos os outros para sacrificar seus próprios sentimentos para proteger os deles, é razoável pensar que talvez, todos nós nos preocupamos o suficiente com você para entender?

Ela cita um argumento válido.

— Entendo o que você está dizendo, e agradeço. — Coloco meu braço sobre seus ombros e a puxo contra a lateral do meu corpo. — Mas algumas coisas, bem, um homem simplesmente não conta. Desculpe.

— E, você acabou de me contar. — Ela sorri.

Sinto minhas sobrancelhas franzindo.

— O quê? Eu não te contei nada.

— Ah — ela levanta um dedo —, mas você contou. Eu conheço todo o código honrado, respeitoso, e tudo o mais de vocês, rapazes. Portanto, quando você diz que há algumas coisas que um homem não vai contar, eu sei a única coisa que você realmente quer dizer.

— Laney — resmungo, suando de dentro para fora, porque, de fato, acabei de lhe dizer. Um deslize inocente da língua, não considerando o quanto esta garota é esperta em ler nas entrelinhas... mas, mesmo assim, acabei revelando.

Bennett. Nunca. Vai. Me. Perdoar.

Porra!

— Ei, se acalme. — Ela esfrega meu ombro. — Não é sua culpa eu ser tão incrivelmente esperta. Pare de se preocupar; meu Deus, consigo sentir o pânico escorrendo de você. Você não me contou mesmo, você não fez nada de errado. Sério, Zach — ela ri —, você realmente achou que ninguém suspeitava que você e Bennett dormiram juntos antes? Além disso, não é da conta de ninguém. Vocês dois são solteiros, adultos, e ótimas escolhas para cada um. Qual é o problema?

— É. — Desvio o olhar, mas não rápido demais, querendo parecer casual. — Acho que você está certa.

— É claro que estou. Mas ainda não entendi. Por que vocês estavam brigando? Quero dizer, eu poderia dar alguns palpites, você foi bem claro quando chamou a atenção dela por não dar uma chance às coisas e algo sobre o destino. Então, presumo, e me corrija se eu estiver errada, mas você quer uma coisa séria e a Bennett não?

Apoiando os cotovelos nos meus joelhos, coloco as mãos na cabeça.

— Algo assim.

— Bem, e não fique bravo, seja direto, certo? — ela pergunta e eu assinto. — Talvez ela esteja tão confusa quanto você. Você aproveitou, sim, a companhia de muitas mulheres que eu não acho que tenham passado a noite na sua casa para pegar uma carona para a igreja de manhã. E você certamente descobriu se Tia ainda tem ou não as amídalas, bem na frente de Ben. E do restante de nós. Obrigada por isso, aliás.

— Eu arranjei a porra da empregada no último segundo para que não ficasse parecendo um idiota, sentado lá sozinho enquanto ela estava com Shane!

— E ela só concordou em ir se você se esfregasse nela na frente de todo mundo? — Como ela, literalmente, diz que você é um mentiroso com uma voz tão calma e estável, sem nem dizer mesmo as palavras, eu nunca vou saber.

— Eu estava com raiva! Bennett precisa se decidir, caramba! Eu estava tentando chamar a atenção dela! — Agora estou gritando… com a pessoa errada. — Quando a Bennett precisa de alguma coisa, é para mim que ela liga. Quando está ferida, eu cuido dela! Raios me partam se o bonitão do beisebol atacasse e eu ficasse sentado sem fazer nada!

— Você mencionou isso antes, na outra noite, como você cuidou dela antes. Quando?

— Lembra daquela vez em que ela ficou mesmo doente e jurou que era a gripe suína, mesmo que aquela histeria tenha acabado muito tempo antes?

— Sim. — Ela se apoia em uma mão, quase caindo do tronco de tanto rir. — A obsessão hipocondríaca dela com a gripe suína foi hilária. Eu fiquei esperando — ela tenta recuperar o fôlego — ela desistir de tentar nos convencer de que era isso e começar a pesquisar sintomas da peste Bubônica ou febre Tifoide no Google.

— Eu fiquei com ela todos os dias, e noites. E em uma das minhas várias buscas por remédios, mais medicamentos na lista que ela me deu que não existiam do que o contrário, eu me lembro de parar no meio do corredor e pensar: "Aposto que deve ser tão bom alguém cuidar de você assim quanto é você cuidar dela". Eu devo ter parecido um louco, ou drogado, apenas parado ali, em um transe. Perguntando-me se ela estava em casa, deitada na cama, talvez, apenas talvez, pensando o mesmo sobre mim.

Ouço Laney fungar e desejo não ter me virado para olhá-la. Lágrimas enormes escorrem por suas bochechas livremente e meu estômago se contrai. Fazer Laney chorar não era a minha intenção e quase mais do que consigo aguentar.

— Essa é uma das coisas mais lindas que já ouvi, de qualquer um. Quanto mais de um ser humano fenomenal, sobre outro ser tão espetacular quanto — ela choraminga, passando os polegares sob os olhos. — É uma daquelas coisas, daqueles momentos, que ficam com você para sempre. Um dia no futuro, quando datas e acontecimentos estiverem confusos, ainda irei me lembrar exatamente de onde eu estava, o que estava vestindo e como me senti quando ouvi você dizer isso.

Suportar

— Quando você ficou tão molenga? A Laney durona não é nada além de uma pilha de grude por dentro. Quem diria? — Sorrio, aliviando o clima.

— Foi você quem disse, Romeu. Enfim, continue. — Ela se senta ereta, esperando na beirada de seu tronco por mais histórias das minhas mágoas. Se ela tivesse um rabo, ele estaria balançando agora.

— O que mais há para dizer? Eu a coloquei e a tirei da banheira dezenas de vezes, eu a vesti, e a coloquei na cama. Depois me deitei ao seu lado e a abracei apertado, garantindo que a temperatura dela nunca aumentasse ou abaixasse demais. Assisti aqueles malditos filmes de Crepúsculo tantas vezes que eu poderia provavelmente citá-los de cabeça. — Estremeço com a lembrança. — Ela estava fazendo uma maratona de *One Tree on a Hill*, sei lá, quando bateu o carro aquela vez e ficou com torcicolo por uma semana. Foi um pouco melhor, pelo menos todos os personagens eram humanos. Ah! — Estalo os dedos, meu primeiro sorriso verdadeiro desde que essa conversa começou. — Quando ela fez a cirurgia oftalmológica, eu pude escolher o que assistiríamos já que ela não conseguia enxergar. O box inteiro de Band of Brothers, querida!

— Eu não percebi... você realmente está sempre lá por ela. — A voz de Laney é baixa, e ela está falando consigo mesma, não comigo.

— Eu a segurei por tantas noites, depois que Tate morreu. Todo mundo ficou devastado, apenas tentando seguir em frente, você cuidando de Dane. Mas eu cuidei de Bennett, e isso me torna um babaca, eu sei, mas alguma coisa mudou. Eu ficava acordado e memorizava a sensação de tê-la nos meus braços, sua pele suave e seu cheiro doce, a forma como ela esfregava o pé na minha perna quando estava sonhando. Eu sabia que era errado, pensar em certas coisas, mas simplesmente não consegui evitar. Ela era tão pequena, e frágil, e era tão bom cuidar dela. Sabendo que ela precisava de mim e que eu poderia estar lá por ela.

Viro o rosto para Laney, esperando ver o nojo que mereço, mas tudo o que encontro são olhos marejados e um sorriso triste, então, continuo:

— Eu a acompanhei a onze eventos da Galera onde ela se arrumou toda. Em oito dessas vezes, ela ergueu o cabelo e depois virou suas perfeitas costas brancas para mim e pediu para eu fechar o zíper. Em quatro dessas vezes, dancei a noite toda com ela, e ela se apoiou nos meus pés. Você já percebeu o quanto ela é baixinha?

Ela dá uma risadinha.

— Ela é bem baixinha. E você, sempre bom em matemática. — Ela balança a cabeça em descrença, é mesmo um pouco estranho eu me lembrar de todos esses detalhes. E por mais um minuto, acho que ela está totalmente desligada, me encarando, mas não me enxergando... perdida em pensamentos. Depois seus olhos voltam à vida. — Zach, você *ama* a Bennett? — Laney pergunta tão suave e solenemente, que acho que ela teme a minha resposta tanto quanto eu.

— Muito, mas talvez não exatamente como você está pensando. Ou talvez sim. — Solto um grunhido, passando as mãos pelo meu cabelo. — Não há nada que eu não faria por ela, e de todos com quem posso passar um tempo, minha escolha é sempre ela. Mas não acho que o tipo de amor que quero é capaz de existir sem total recíproca. Minha definição de amor requer não somente que seja retribuído, mas que seja frenético, devorador e incomparável. E não é. Então devo dizer, eu estou mais apaixonado, envolvido, fascinado. E esperei tempo demais pelo que está começando a parecer impossível de resolver. Mas eu poderia amá-la. Deus, como eu poderia amá-la.

Ela está quieta, então inclino-me para frente para ver seu rosto, mais uma vez repleto de lágrimas.

— Laney, não chore. Eu estou bem. E Ben e eu não estamos realmente brigando. Nós estamos bem, sempre estaremos. Prometo. E prometo que irei sempre cuidar dela. Não importa o que aconteça.

— Você é tão maravilhoso, qual raio é o problema dela? — Oh, não, não é a reação que eu queria, e certamente não preciso. — Então, vocês dormem juntos, sentem ciúmes um do outro, mas ela não quer se comprometer com você? Eu vou conversar com ela agora mesmo!

Ela se levanta, puro fogo em seu olhar, quando agarro seu cotovelo para impedi-la.

— Você entendeu tudo errado. Nós não dormimos juntos. Bem, nós dormimos, mas não fazemos sexo. Isso só aconteceu uma vez, muito tempo atrás.

— Quando?

— Eu acabei de te falar, muito tempo atrás.

— Quanto tempo?

— Laney, apenas pare. Eu já te contei mais do que deveria, e você se envolver ou interrogar Bennett não vai ajudar em nada. Se você se importa comigo, aceitará o meu agradecimento por me deixar desabafar e esquecerá isso. De vez.

Suportar

— Okay — ela diz, evitando contato visual, então não posso dizer se ela está mentindo bem na minha cara. Mas ela está mentindo.

Ela pensa que é com a melhor das intenções e só ajudará, tirando de si qualquer culpa.

Laney está tão errada e eu poderia chutar a minha própria bunda por cair direto na sua armadilha de trapaça feminina para arrancar informações. Foram as malditas lágrimas, funcionam todas as vezes!

Seguro seu queixo entre meu polegar e indicador e a forço a olhar para mim.

— Eu te amo, Laney. Amo que você se importe comigo e com a Ben, de verdade. Mas estou te implorando. Não. Ajude. Você não sabe com o que está lidando dessa vez. Você fará mais mal do que bem. Confie em mim.

Verdes para castanhos, nossos olhos batalham em um impasse, e vejo, claro como a porra do dia... tenho que chegar na Bennett antes dela.

CAPÍTULO 18

TAMBÉM ESTÁ ESCRITO MAMÃE

Bennett

Amo minha sobrinha Skylar, e se tivesse sorte de ter meu próprio casamento, sim, eu iria querer que fosse a maior festa que coloca todas as outras festas no chinelo.

Mas, caramba, até quando essa coisa pode possivelmente durar? Ninguém nem se casou ainda e sinto como estivéssemos nessa ilha há um mês!

Eu provavelmente não deveria ter vindo para cá uma semana antes com Whitley. Culpa minha. Mas férias no paraíso era bom demais para deixar passar.

Agora que tive a chance de me acalmar e realmente pensar no que Zach disse, na frente de todo mundo — ainda não estou muito feliz com essa parte —, tudo o que quero é ir atrás dele e conversar sobre o assunto em particular.

Se Zach e eu estivermos quebrados, nada mais funciona. Esse será o fim, eu irei oficialmente desistir dessa farsa de sobrevivência, a qual só consegui manter por anos com a ajuda dele. Zach é a minha constante, o meu "não é tão ruim, porque ele está aqui"! Eu não tenho que fazer as coisas sozinha ou me forçar a ir a primeiros encontros horríveis, porque Zach fará qualquer coisa comigo. E ele tornará divertido. Exemplar. Absolutamente nada enfadonho. Eu gosto do tempo que passo com ele.

Mas por mais que eu queira, não posso ir até ele agora, porque tenho mais um evento "pré-jogo de casamento que dura uma eternidade": a festa do pijama da despedida de solteira.

E se é importante para Skylar, é importante para mim. Além disso, minha presença pelo menos passa a imagem de que é descolado. Por mais chato que pareça ser na superfície.

— A tia Bê chegou, que comece a festa! — anuncio quando abro a porta, levantando duas garrafas de champanhe nas mãos.

— Eba! Entre, entre. — Whitley corre até mim, pegando as garrafas de espumante. — Você pode ser a próxima a fazer o cabelo!

— Eu posso o quê? — Passo a mão no meu cabelo, certa de que já está arrumado.

Laney resmunga e olho para ela toda ornamentada, se é assim que vamos chamar e me dobro de tanto rir. *Oh, merda, valeu totalmente a pena. Quando eu puder falar de novo, tenho que provocá-la.*

— Bela maria-chiquinha aí, Garota do Rodeio. Lembrou de amarrar seu cavalo e dar um pouco de água para ele?

— Feche a matraca — ela rosna para mim, revirando os olhos em frustração. — Apenas pela minha filha. Agora, sente aqui comigo. — Ela está com aquele brilho conspiratório no olhar, batendo a mão no sofá ao seu lado. — Quero falar com você.

— Não, espere! Eu primeiro! — Sky saltita, batendo as mãos. — Onde...? — Ela olha ao redor do cômodo, procurando. — Onde está a Macie?

Aposto que eu sei. Estou tentada a levantar a mão e gritar "me escolha, me escolha", mas acho que já tivemos o bastante de descobertas chocantes e/ou contratempos para uma viagem de casamento.

— Eu vou encontrá-la — insisto, apressando-me para a porta. — Esqueci a minha, hmm, sela. — Sorrio para Laney. — Já volto.

Percorro a passagem coberta que conecta todos os apartamentos e corto pelo meio, esperando fazer isso sem que ninguém me veja. Essas crianças sabem o quanto são sortudas por terem a mim? É bom todos eles torcerem muito para que seus pais não tenham um pressentimento e me façam passar por um polígrafo ou estaremos todos ferrados.

Não sei em que quarto Macie está, então vou direto para o dele.

— Oh, Jefferson — cantarolo, enquanto bato à porta. — Saia, saia, de onde estiver! Mas vistam-se primeiro!

Como esperado, há um ruído de corpos e pés, e... Macie precisa melhorar seus sussurros, antes de a porta abrir uma fresta. JT coloca a cabeça para fora, com todo o cabelo bagunçado de sexo e lábios inchados – boa sorte em esconder esse chupão no seu pescoço, aliás –, e me dá seu melhor sorriso inocente.

— Oi, tia Bennett. Eu estava, hmm, apenas me arrumando para encontrar os caras para a festa.

Meu cenho franzido e braços cruzados perguntam a ele por mim, mas falo de qualquer maneira:

— Você alguma vez já sentiu que precisava mentir para mim?

— Não, senhora. — Ele abaixa a cabeça.

— Vocês usaram proteção?

— Bê! — Agora ele olha para mim, levantando a cabeça, constrangimento aquecendo seu pescoço e rosto. Quando pergunto de novo, com uma sobrancelha erguida, ele assente.

— Ótimo. Agora leve o seu traseiro para a festa antes que tenhamos outra polêmica nesse casamento. Você é irmão dela e aquela é a amiga dela, Skylar não vai pegar leve com você! E você, mocinha. — Abro mais a porta e olho por trás de JT, que felizmente está de cueca, para encontrar Macie colocando suas roupas como se o ar queimasse sua pele nua. — Vamos! Não se preocupe, ninguém vai notar seu cabelo, mas tente diminuir esse seu brilho de sexo.

— Bê... — JT começa, mas levanto uma mão para impedi-lo.

— Não, nunca mais fale disso. Não estou brava com você, ainda te amo, e não sei de nada. Entendeu?

— Entendi. — Ele sorri. Macie tenta passar por ele, meio sem jeito, até a porta, mas ele segura seu braço, inclinando-se para um beijo.

— Não! Nada disso! — Afasto-a do pervertido. — Depressa, JT, vai! Você, gatinha do sexo, mexa sua bunda!

A pobre garota mal consegue colocar um pé na frente do outro enquanto anda ao meu lado. E o jeito como ela está mordendo as unhas deve doer.

— Ei. — Eu a paro e seguro seu ombro. — Eu não estou te julgando, okay? Só não quero que Skylar tenha que lidar com mais notícias bombásticas, beleza?

— S-sim — ela gagueja. — Eu só, é que...

— Ah, sei muito bem o que aconteceu. — Dou uma risada forçada. — Acontecia quando eu tinha a sua idade também. Agora, tire isso da cabeça, não fique bêbada para não correr o risco de deixar escapar, e... — Bato no meu queixo, pensando. — Diga que ficou com o *babyliss* preso no cabelo e que eu tive que te ajudar. Confie em mim. — Olho cautelosamente seu visual. — Elas vão acreditar.

Seu corpo inteiro relaxa com seu suspiro de alívio.

— Eu queria que você fosse minha tia.

— Bem, continue com JT e talvez eu seja um dia. — Eu não deveria ter dito isso, meu sobrinho é fogoso demais, um playboy. Ele é engraçado, inteligente, igualzinho ao pai e tem dinheiro. O que todo mundo achava que ia acontecer? E aposto meu braço como ele não vai sossegar tão cedo.

Com outra crise resolvida, estamos a poucos passos do quarto de Skylar quando sou agarrada por trás.

— Tenho que falar com você. — O hálito quente de Zach percorre meu pescoço e sinto um arrepio.

— Macie, pode ir entrando. Vou em um minuto — digo a ela no que parece minha voz de operadora de sexo telefônico, porque com o corpo rígido pressionado atrás de mim, meu coração disparou.

Zach me arrasta para um canto, e quase não percebo que ele está apreensivo, ocupada demais estudando seu peito, um largo conjunto de músculos firmes expostos lindamente em sua apertada camiseta cinza, subindo e descendo, falando em língua de sinais com a minha libido.

Oh, espere, ainda estamos brigando... *acalme-se, garota!*

— O quê? — Controlo o desejo na minha voz; digo isso a mim mesma, pelo menos, e faço o meu melhor para fingir irritação.

— Okay, não diga nada até eu terminar. Promete? — Ele está segurando meus ombros agora, seus olhos preocupados com um tom verde-escuro de jade. Ele nunca consegue esconder de mim quando está perturbado, porque os olhos do Zach feliz são um verde-claro e turvo. E do Zach excitado... opa, eu devaneei aqui.

— Sim. — Balanço a mão, querendo que ele desembuche.

— Então, Laney me encontrou, perguntou sobre nós, por que estávamos brigando. Eu não falei nada especificamente sobre isso, mas ela descobriu. Você sabe como ela é, entra na sua cabeça antes mesmo de você saber o que está acontecendo.

Conheço os truques Jedi da Laney.

— Mas ela não sabe quando, Bennett. Eu juro. Por isso que eu tinha que vir te encontrar, porque você sabe que ela vai querer conversar. Eu não queria que você presumisse que contei tudo a ela e dei mais do que ela realmente tinha. Eu nunca faria isso com você.

Não sei como ou por que, mas alguma coisa dentro de mim estala, e eu cansei. Cansei das mentiras de omissão, da culpa, e acima de tudo, cansei de priorizar todo mundo antes de mim. Dou um passo em sua direção e passo as mãos por seu peito, descansando uma sobre seu coração acelerado.

— Você se arrepende? — pergunto, em um sussurro.

Na mesma hora, ele responde, o tom rouco e fervoroso, sem espaço para desculpas:

— Nem por um único maldito segundo. E nunca irei me arrepender. Só um tolo se arrependeria da perfeição.

— É, nem eu — concordo, com uma sinceridade ávida. — Okay, então. — Pigarreio e dou um passo para trás, agindo como a garota resignada e estoica que não me sinto. — Eles que se fodam!

Ele oscila sobre uma perna, pego de surpresa pela minha súbita mudança de humor.

— O quê?

— Eles. Que. Se. Fodam — repito, entredentes. — Que se fodam todos eles. Eles não podem nos julgar e estou cansada de ter medo disso. Está na hora de voltarmos a respirar normalmente, parar de viver sob a sombra da vergonha, quando nenhum de nós está envergonhado. Se ela perguntar, eu vou contar, e é melhor você resolver isso logo com Dane.

— Tem certeza? — Seu sorriso confirma que estou tomando a decisão certa; está maior, mais brilhante e mais despreocupado do que vi há muito tempo. — Então o que isso significa para nós?

— Ainda não sei. Uma coisa de cada vez. — Dou de ombros. — Ainda nem me acostumei com essa revelação. Tenho que entrar lá, e tenho certeza de que estão se perguntando no clube dos garotos onde você está. Te vejo mais tarde?

— Pode contar com isso. — Ele encosta o dedo na ponta do meu nariz e se vira para ir embora.

Laney ainda não disse uma palavra para mim sobre o assunto e estou de prontidão, apenas esperando. Mas entre a lista de jogos da Whitley e bastante champanhe – graças a Deus as vovós pularam essa parte das festividades –, ela esteve ocupada demais para me interrogar.

— Pessoal, sentem-se, por favor. Tenho alguns presentes que quero distribuir — Skylar anuncia, pegando sacolas primorosamente organizadas no armário. Seguro uma risada; se Sky não se parecesse com Laney, eu juraria que houve uma troca no hospital. As sacolas são cor-de-rosa, com os nomes de todo mundo impressos em glitter, e têm vários papeis de presente saindo de dentro.

Apesar da elegância, sei que logo todas estarão com lágrimas nos olhos.

— Macie — ela estende seu presente —, obrigada por estar aqui agora e sempre, uma das minhas melhores amigas. Eu amo você. — Macie abre, e há uma camiseta que tem escrito "A Carona da Noiva ou Nada, Parceiro", e um vale-presente de alguma loja da qual nunca ouvi falar.

— Tia Emmett. — Ela entrega uma sacola. — Obrigada por sempre me amar e me apoiar, sempre a calmaria em meio à nossa tempestade. E principalmente por aturar o tio Sawyer. Nós meio que gostamos dele e você é a única mulher para essa função.

— Amém! — Levanto minha taça e todas se juntam a mim.

Eu sou a próxima e meu presente é um conjunto de pijamas de seda, o mesmo estilo do de Emmett, mas o meu é azul e o dela é roxo, entregue com um discurso igualmente carinhoso, me agradecendo por ser a pessoa para quem ela sempre pode contar qualquer coisa, me fazendo ganhar uma olhadela suspeita de Laney. *Bônus.*

Presley recebe o mesmo pijama, rosa, é claro, com um par de brincos e um agradecimento choroso por sempre ser como uma irmã para ela.

A próxima é Brynn. Sua sacola está rasgando nas pontas do tanto que está cheia.

— Minha irmãzinha, aquela que deveria me admirar, mas na verdade, sou eu quem te admiro, maravilhada. Obrigada, não apenas por ser minha dama de honra e melhor amiga do mundo inteiro, mas por ser minha inspiração, o padrão que defini sobre o tipo de pessoa que eu quero ser. Sim, você é brilhante, linda e uma bela de uma atleta. Mas acima de tudo, você é gentil, verdadeiramente gentil. Humilde, compreensiva e altruísta. Eu te amo tanto, Brynny Bear.

Não há um olho seco no cômodo. E assim que pensei que a parte difícil tinha passado, e que eu não tinha mais nenhuma lágrima no estoque... Skylar pede para que Laney e Whitley se levantem juntas.

Chego perto de Brynn e seguro sua mão em busca de força. Se alguém vai se controlar nessa parte, será Brynn. Planejo me esconder atrás dela enquanto choramingo.

— Mamãe — Skylar diz uma palavra antes de cobrir a boca e chorar. Ela balança a outra mão na frente do rosto até que consiga falar de novo e continua: — Eu te admiro, a mulher que você é. Você me ensinou a ser independente e forte. Confiante. Tão forte e confiante, que você ainda sabe o quanto é importante, mesmo quando recua um passo. — Skylar estende um colar e Laney ergue o cabelo para que Sky possa colocar. É um pequeno coração prateado, mas apenas metade, com a ponta curvada, e há a palavra "Mamãe" gravada ali. — Eu te amo tanto. Obrigada por ser exatamente a mãe que você é, incomum e durona, mas perfeita.

Como consigo ouvir o que ela está dizendo por cima do meu choro melecado e soluçante... não faço ideia. Laney está indo muito bem, porém, ainda em pé, ereta, girando seu novo colar com adoração.

— E Whitley. Não que precisasse de muita coisa para convencer. — Skylar dá uma risadinha. — Mas mamãe e eu decidimos que você teria total controle desse casamento. Não apenas porque faz um ótimo trabalho, e você merece, mas porque nós todas sabemos o quanto você teve dificuldade para ter filhos. Mas estou mesmo feliz por Judd ser aquele a quem Deus escolheu te dar, e eu sou grata a Ele por isso todos os dias. E eu sei que você queria uma filha também. — Mal conseguimos compreender Skylar agora, seu nariz entupiu por causa das lágrimas intermináveis, e suas mãos tremem enquanto ela ergue a outra metade do colar. — Bem, agora você tem uma. — Ela prende no pescoço de Whitley a metade do coração, que se une ao de Laney, que também está escrito "Mamãe". — E você pôde planejar o casamento dela. Obrigada. Pelo Judd, e por me amar como sua própria filha, o que agora eu sou. Eu te amo.

É isso, chega por hoje, meu coração não aguenta mais.

— Ah, minha doce, doce Skylar. — Whitley envolve sua nova filha nos braços, ensopando sua blusa de pijama com lágrimas de pura alegria.

Depois de alguns abortos espontâneos, Whitley finalmente teve sua menina.

E Laney observa, feliz – por Whitley, claro –, e porque ela não teve que planejar um casamento.

Estou só brincando. Mais ou menos.

Viro minha taça de champanhe, mas uma mão me impede de enchê-la de novo.

— Não tão rápido, quero você sóbria para essa conversa. — Laney sorri.

— Sério? A gente não pode continuar chorando, bebendo e ficando

Suportar

141

felizes? Você acha que a noite da Skylar é o melhor momento para fazer isso? — Afasto sua mão e encho minha taça, generosamente.

— Você acabou de provar meu argumento, de que agora é o momento perfeito. Todo mundo está feliz, Bennett, exceto você e Zach. Não consigo aproveitar todo o amor ao meu redor sabendo que vocês dois estão tristes. Vamos ver se nós conseguimos resolver isso, que tal?

Sabe, o que Laney esquece é que não sou mais a Bennett despreocupada, cantarolando uma música enquanto ela conduz. E eu andei bebendo.

E já dei o sinal verde para Zach se movimentar. Está na hora de fazer a minha parte. *É, vamos nessa!*

— Garotas do Esquadrão, fiquem aqui, e façam barulho. Mulheres da Galera, quarto comigo, por favor, agora! — grito, e marcho naquela direção.

Oh, nossa senhora da bicicletinha... eu pedi mesmo para elas fazerem barulho para que não escutassem, mas nós realmente temos que ouvir "Watch Me"? Sério, quatro das nove rebatedoras do time de Brynn usam essa música para entrar em campo, e ela faz meu cérebro sangrar a esse ponto. Mas não minha arremessadora, Brynn corre para o campo com "Here Comes The Boom". Ah, e o *boom* está vindo mesmo.

— Whit! — Estalo os dedos na frente de seu rosto. — É "mexa as pernas", não "quebre as pernas", e eu preciso da sua atenção. Senhoras, por favor, sentem-se.

Laney franze o nariz quando se senta na cama... o colchão do matrimônio de *sua filha* e Judd. Bem-feito para o traseiro enxerido dela.

— Estou prestes a contar uma coisa que vocês não vão gostar, porque Laney é intrometida, e, que grande surpresa, eu sei que não vai deixar isso pra lá. E sinceramente, estou cansada desse peso nas minhas costas. — Fico na frente delas enquanto as três se sentam na cama, como três patinhos enfileirados, e endireito os ombros, aprumando a postura com orgulho e autoridade. — Eu dormi com Zach.

Laney apenas sorri presunçosamente como se soubesse de algo primeiro. Vamos ver quanto tempo isso dura. Whitley bate palma e saltita no lugar, eu não esperava nada menos. E Emmett. Em me observa com cuidado, os olhos cautelosos e avaliando, sua boca franzida em uma linha reta e misteriosa. Ela é casada com Sawyer, é claro que está esperando pela "outra parte".

Está na hora de possivelmente perder as três mulheres mais importantes da minha vida.

— Uma vez.

Whitley para de bater palmas, seu cenho franzindo em confusão.

Respiro fundo e digo o restante de uma vez:

— Menos de um mês depois que Tate morreu.

Aí estão... os suspiros horrorizados que eu estava esperando.

— Me desculpem. Por não contar antes — acrescento depressa. — E por jogar em cima de vocês agora, dentre todos os momentos. — Encaro Laney, enfaticamente. — E sei que o *timing* de quando aconteceu me faz parecer uma vadia insensível, vocês todas têm o direito de pensar isso e de me odiarem, mas não lamento que tenha acontecido.

Não sei bem quando caí de joelhos e comecei a chorar, mas é exatamente assim que me encontro agora.

Os braços de Laney são os primeiros a me envolver, suas lágrimas molhando meu cabelo onde sua bochecha se apoia.

— Ninguém te odeia ou pensa mal de você, Ben. Nenhuma de nós faz ideia de como é perder nosso noivo, então não temos direito de julgar.

— Exatamente — Whitley concorda. — Estou feliz por você ter tido o Zach para te confortar, para cuidar de você. O luto vem de várias formas, assim como a superação.

Emmett, com a maior surpresa... de todas, ri! Alta e calorosamente.

— A melhor notícia é que, agora que você tirou isso do peito, pode voltar a lamber o dele!

Quando ergo meus olhos chocados e arregalados para os seus, ela apenas dá de ombros descaradamente.

— Meu marido é o Sawyer, alôôô? Sim, sim, eu sou louca. Você e Zach são perfeitos juntos, pule nele, garota!

— Mãe, eca! Estou traumatizada para sempre aqui! — Presley grita do outro lado da porta.

Deveria ter notado que a música parou de tocar.

— Parem de escutar ou vou bater em algumas bundas! — A ameaça de Laney é recebida com várias risadas despreocupadas.

— Então estamos bem agora, se sente melhor? — Whitley pergunta, ajudando a me levantar do chão.

— Sim. — Seco meu rosto. — Obrigada, todas vocês, por serem tão compreensivas e solidárias. Espero que Zach receba a mesma reação dos caras.

— Como assim? — Laney engole em seco, sua expressão a mais pura agonia.

Suportar

— Falei para Zach que era melhor ele confessar também. Estamos cansados de nos sentir culpados. Por quê?

— Bennett, não! Dane, oh, Deus, quero dizer, era o irmão dele. Ah, isso é ruim, isso é muito ruim! — Laney está divagando, abrindo a porta, procurando nossos sapatos, seu celular... a sanidade. — Meninas, fiquem aqui, estou falando sério. Vocês três — ela aponta para mim, Whit e Em —, nós temos que ir, porra!

CAPÍTULO 19

E É POR ISSO QUE NÃO TEMOS MAIS AMIGOS

Zach

Não me lembro da última vez em que vi Dane tomar mais do que uma bebida ou duas, mas ele está na terceira que vi até agora esta noite... e eu cheguei atrasado. Mas ele está rindo e descontraído, especialmente considerando o que o amanhã nos reserva; bons sinais para mim e a próxima conversa que eu e ele precisamos ter.

A cerimônia mesmo só começa amanhã ao final da tarde, então Sawyer e Blaze devem ter tempo para se recuperar de suas ressacas, o que eles, sem dúvida, terão. Sim, Beckett está bêbado e está embebedando Blaze com ele. O braço dele está realmente apoiado no ombro de Blaze, preciso dizer mais? E o manual de instruções que ele está elaborando para o garoto está sendo feito com muito bom-humor, considerando as circunstâncias.

— Okay, mais uma vez, rapaz. Minha filha, sua Harley, qual é a regra? — Sawyer lhe pergunta.

— Ela não pode andar comigo, não mais — ele murmura aquelas últimas palavras baixinho, mas eu as ouço e rio internamente. — Até que você ande, testando minhas habilidades de condução e meus conhecimentos gerais de segurança — Blaze recita.

— Correto. — Sawyer dá um tapinha em seu ombro. — Próxima, festas do pijama, qual é a condição?

— Festas do pijama não existem. Até onde sei, Presley não tem uma cama ou um sofá. E se você me pegar em qualquer um dos dois, vai me amarrar a ele e me incendiar. Eu a levo em bons encontros e depois a acompanho até a porta, dou uma olhada rápida para dentro para garantir que o perímetro esteja seguro, depois levo meu traseiro arrependido para casa.

— Você está indo bem, rapaz, aprende rápido. Você deixou de fora o banco traseiro do carro e sua própria cama ou sofá, mas tenho certeza de que você sabe que eles também estão incluídos. Não há brechas neste sistema.

— Já entendi — Blaze concorda.

— Ótimo! Aqui, tome uma dose. — Saw desliza um copo para ele, se juntando a ele ao virar uma também. Serve para mim. Está mantendo Beckett calmo, e o faz acreditar que Blaze, em algum reino de possibilidades desconhecido, vai realmente seguir estas diretrizes, ele está apenas desperdiçando seu fôlego.

— Judd, vamos enfrentar o Ryder e o Blaze na sinuca — JT sugere; talvez para resgatar Blaze, ou talvez para se salvar do tédio.

— Na verdade, eu meio que queria falar com seu pai — Ryder diz a ele. Merda, uma reviravolta imprevista. *Hoje não, garoto, colabore comigo, caramba!*

— Por favor, não faça isso — Dane grunhe. *Sim, por favor, não faça isso!*

— Poxa, Kendrick. Você só está tomando paulada de todos os lados, pobre coitado. Estou surpreso que sua cabeça ainda não tenha explodido! — Sawyer grita, batendo uma mão na mesa, morrendo de rir. — Skylar vai se casar amanhã, JT se atrasou porque estava traçando a dama de honra e o *Ride Her* está prestes a te acertar se tratando da bebê Brynny. Você está a ponto de perder a cabeça, não está?

— Você é um idiota. — Evan balança a cabeça e se levanta. — Você e eu vamos jogar sinuca, ou jogar dardos, talvez encontrar uma focinheira para colocar em você no caminho. Levante esse seu traseiro idiota. — Ele chuta a cadeira de Sawyer.

Ainda rindo para si mesmo, Sawyer fica de pé e o segue.

E Dane espera até que Evan o tenha do outro lado do bar antes que ele se vire na cadeira para encarar Ryder.

— Presumo que você não tenha mudado de ideia ou esquecido. Então, você tinha algo que queria discutir comigo?

— Sim, hmmm, senhor. — Ryder está mais nervoso que tudo. — Eu estava me perguntando...

Dane o interrompe, erguendo uma mão para detê-lo, soltando um suspiro pesado que pode ser ouvido em todo o mundo.

— Estou com um humor surpreendentemente bom, então vou pará--lo por aí e ajudá-lo num instante. — Dane se inclina para frente, cotovelos sobre a mesa; observando o gelo tilintar ao redor do copo que ele está girando em uma mão. — Deixe que eu lhe dê um breve resumo de onde minha cabeça está, então você poderá escolher suas palavras com muito cuidado. Parece justo?

O pomo-de-adão de Ryder sobe ao engolir em seco e ele assente com a cabeça trêmula.

Dane prossegue:

— No dia em que Skylar nasceu, eu a segurei em meus braços e jurei que nada ou ninguém jamais a tiraria de mim. Bem, amanhã, um menino que passou toda sua vida me chamando de "tio" vai fazer exatamente isso — ele coça a parte de trás da cabeça —, e terá que me chamar de outra coisa... de sogro. Depois fará bebês com meu primeiro bebê. E meu filho — ele lança um olhar malicioso para Ryder —... está tão preocupado com a minha sanidade, e eu em mantê-la, que ele decidiu que seria uma boa ideia dormir com uma das damas de honra. Não posso dizer o quanto adorei ouvir isso. Eu não sou idiota, eu sei que ele... — Ele não termina a frase. — Vamos apenas dizer que não preciso ouvir isso. O que me traz à Brynn, presumo que é sobre ela que você deseja discutir?

Dane faz uma pausa para tomar um gole da bebida, prendendo Ryder com um tipo especial de olhar maligno que apenas um pai pode dar ao terminar sua bebida com o copo ainda na boca. JT se mexe em sua cadeira, assim como eu, porque está ficando muito desconfortável por aqui. Não consigo imaginar como Ryder se sente... mas, se ele permanecer firme e bater de frente com Dane, ganhará pelo menos um pouco do meu respeito e poderá ser digno de uma chance com Brynn.

Quando Ryder simplesmente assente novamente, Dane prossegue, desta vez com uma pura constatação em sua voz; e eu realmente sinto muito pelo homem.

— Brynn é minha amada garotinha mais nova, a última que vai ter algum tempo com o papai. Ela tem apenas 18 anos, nunca me dá problemas e ainda me abraça e segura minha mão em público. Nunca tenho que me perguntar onde ela está à noite, porque se eu ainda não averiguei primeiro, ela me liga ou manda mensagens para me avisar. E quando ela realiza algo grandioso, do qual está superorgulhosa, eu ainda sou o homem a quem ela quer contar primeiro. Brynn sempre esteve muito ocupada com os estudos, esportes e seus livros que ela tanto ama para se preocupar com garotos. — Ele respira fundo e, caramba, eu faço o mesmo. — Quando Brynn nasceu, sua Nana lhe trouxe um ursinho de pelúcia cor-de-rosa que tem tipo um chocalho dentro quando você o sacode. Esse urso fica na cama dela até hoje — Ele levanta lentamente seu copo e vira o que sobrou do líquido cor de âmbar. — Agora, o que você queria me perguntar?

Não posso dizer que culparia o garoto se ele saísse correndo daqui como se os cães de caça do inferno estivessem mordiscando seus calcanhares... porque Kendrick pode fazer um discurso revestido de mais culpa e insinuação do que o mais astuto dos políticos. Mas se Ryder assumir suas responsabilidades – o que espero secretamente que ele faça –, ele tem minha aprovação.

Ele não sai correndo, nem se mija. Pelo contrário, ele se senta mais ereto e endireita a postura, pigarreia e depois olha diretamente nos olhos de Dane.

— Eu gostaria de perguntar a Brynn se eu poderia ir assistir ao seu próximo jogo de *softball*, e talvez levá-la para comer algo depois. Você estaria de acordo com isso, senhor?

Mandou bem, garoto.

Agora Kendrick só vai sacanear ele mais um pouco. Sua decisão já está tomada, porque posso ver o respeito em seus olhos, o sorriso que ele está tentando conter. Mas o papai ainda não terminou. Ele inclina a cabeça para o lado, e ergue as sobrancelhas de forma presunçosa.

— Se eu perguntar a JT, meu filho, que ama sua irmãzinha quase tanto quanto eu; ou ao Judd, que está prestes a ser meu genro e não só ama a irmã de Brynn, mas a quem viu crescer por toda a vida, se eu perguntar sobre sua reputação, vou gostar do que eles têm a dizer?

Nossa, ele juntou muitas informações intimidadoras em uma única pergunta. Estou lhe dizendo, o cara deveria concorrer à presidência. E não há tempo como o presente... os candidatos para as próximas eleições não parecem ser realmente promissores.

— Não sei, senhor. Mas com todo respeito, eles estão sentados ali mesmo — Ryder responde, corajosamente, e aponta para JT e Judd, ambos sem palavras e fascinados pela coragem deste garoto. — Talvez você devesse perguntar a eles?

— Rapazes? — Dane faz exatamente isso.

Judd sorri e assente sua aprovação enquanto JT diz:

— Está tudo certo, pai. Ryder é gente boa. Eu juro.

— Ryder — eu o chamo, e ele rapidamente vira a cabeça para mim. — Você tem mais de 18 anos, certo?

— Sim, senhor.

— Só para te lembrar. Porque, isso significa que eu posso legalmente te dar uma surra se você machucar minha Brynny de alguma forma. Estamos entendidos?

Na verdade, tenho quase certeza de que é ilegal agredir alguém, não importa a idade... mas ele entendeu o que eu quis dizer.

— Sim, senhor — ele repete, balançando a cabeça freneticamente. *Ele não deve conhecer a regra da agressão.* Ótimo.

Dane ri, levantando a mão e pedindo outra rodada.

— Muito bem, Ryder, considere-se avisado, mas, sim, com minha bênção, você pode convidar Brynn para sair. Boa sorte, duvido seriamente que ela aceitará.

Ilusão sua, papai — ela aceitará, sim.

Sawyer e Blaze ainda estão se dando bem, bêbados, e não fazem mais ideia do que estão dizendo, mas estão íntimos e ninguém está sangrando. Ryder está liberado para convidar Brynn para sair e estou realmente começando a gostar do garoto. Ele só tomou uma cerveja e está fazendo um esforço consciente para conhecer um pouco melhor o Dane. E Dane agora está sorrindo, se divertindo simplesmente porque quer, não por obrigação.

Acho que seria uma pena estragar uma noite tão boa, então decido colocar em espera a pequena conversa que preciso ter com ele.

Esse plano sai pela culatra no segundo em que as meninas entram pela porta. Ninguém mais parece tê-las visto ainda, mas meu estômago já revirou e minhas palmas das mãos estão suando, porque basta um olhar para o "quarteto parada dura" e sinto o cheiro de problemas. Eu nem precisei farejar, está irradiando delas.

Os ombros de Laney estão tensos e a apreensão está espalhada por todo o seu rosto. Whitley mal consegue segurar as lágrimas, que estão brilhando em seus olhos. Emmett está andando dez passos atrás das demais, evitando todo e qualquer contato visual.

E Bennett? Ela poderia muito bem ter "desafio você a mexer comigo" tatuado na testa dela. O *Google Earth* poderia detectar a revolta em seu olhar.

Não é preciso ser um gênio, ou mesmo um mané para saber que Bennett contou a suas amigas "nossa notícia" e uma bela tempestade acabou de irromper pela porta.

— Oi, gatas! — Sawyer as avista agora e envolve Emmett pela cintura, puxando-a para seu colo, e Evan faz o mesmo com Whitley. Eu não tenho contado as bebidas de Evan, porque Evan nunca toma apenas uma, mas nunca toma demais também, mas o beijo que ele dá em Whitley me diz que ele excedeu sua cota habitual.

Os Allen não são conhecidos por suas demonstrações de afeto em público. Não até agora, pelo menos.

— Amor? — Dane se levanta rapidamente, agarrando Laney pelos quadris. — Tudo bem?

— T-tudo. — Ela faz um péssimo trabalho do que acho que era para ser um sorriso. — Tudo bem aqui? — Ela me olha de relance. Os olhos de Laney nunca conseguem esconder nada e eu vejo neles o que ela está perguntando. Balanço a cabeça sutilmente para que ela saiba: *não, eu não contei para ele*.

É claro que Bennett também captou toda nossa conversa silenciosa.

— Vamos resolver isso então, podemos? — Bennett diz, de forma áspera, não escondendo o fato de que está brava. Mas eu não sei por quê.

"O que eu perdi?", pergunto a ela, sem palavras, mas ela me ignora, dispensando os membros da segunda geração que estão na mesa.

— JT, Judd, todos vocês vão procurar algo para fazer. Agora! — ela ladra quando eles não se movem rápido o suficiente.

Sawyer quer tanto dizer algo, a boca grande aberta e pronta, quando Em cobre seus lábios com a mão e começa a sussurrar no ouvido dele.

Evan encerrou sua sessão de amassos com Whitley e agora está acenando para a garçonete, porque em alguma brecha no meio de seu momento incomum, Whitley conseguiu beber toda a cerveja dele... e a minha.

E agora, Bennett finalmente me responde. Em voz alta.

— Todas sabem, e ficaram totalmente de boa. Apoiaram, compreenderam. Mas, claro, tivemos que vir correndo até aqui para ver como Dane está.

Ao falar o nome dele, ela finge desgosto, e isso me faz franzir o cenho, porque não é necessário. Entendo que Dane é uma espécie de líder da nossa turma e é, sem dúvida, aquele que vai reagir de forma exagerada quanto às coisas que o resto de nós acha que não são nada demais — basta lembrar da noite em que levei as garotas ao bar. Mas Bennett passou dos limites desta vez. Ele estará muito bem dentro de seus direitos quando a notícia o atingir e ele explodir.

E ele *vai* explodir.

Era o irmão dele.

— Ver como estou por quê? Elas que sabem o quê? — Dane pergunta a qualquer um, a todos, seu rosto começando a ficar em um tom de vermelho, frustrado.

Droga, não era assim que eu queria que isto acontecesse! Dane estava tranquilo, curtindo a noite com seu futuro genro, dando uma chance ao garoto que faz minha Brynny sorrir. E aí vêm estas mulheres exigindo que tudo aconteça imediatamente! Eu culpo a tecnologia — celulares, a internet —, ninguém mais tem paciência.

Não, estou dando muito crédito à tecnologia. Estas mulheres poderiam ficar presas com *Os Flintstones* e ainda seriam impacientes.

— Ben, pode deixar — imploro, tanto com minha voz quanto com meus olhos. — Por favor. Vocês podem voltar e aproveitar sua noite com a Sky e deixar Dane aproveitar a dele com Judd.

— O que você tem, Zach? É melhor alguém começar a falar minha língua bem rápido. — Dane se vira para Laney, seu tom fica mais alto e irregular a cada segundo, verdadeira apreensão e raiva em seu semblante. — Por que você está, de novo, perambulando pela Jamaica à noite? Minhas filhas estão bem? Sua mãe? O que está acontecendo, Laney? — Todas as perguntas são legítimas, assim como a sua crescente inquietação.

— Sim, elas estão todas bem, ótimas. — Ela lhe dá tapinhas no peito, depois me procura com o olhar por orientação.

Agora não tenho mais escolha.

— Dane, vamos lá fora por um segundo. — Eu suspiro forte e me dirijo para a porta, olhando para trás para ter certeza de que ele está me seguindo. O que ele está fazendo.

Paro na calçada e tento encontrar as palavras certas, que não existem. Já sei qual será o problema dele, porque seria também o meu. Ele não vai se importar que eu tenha dormido com Bennett, droga, ele provavelmente já supõe que estou fazendo isso com certa regularidade. E ele não vai se importar apenas com o fato de eu não ter dito a ele; os caras não vivem pela regra insana de que amigos devem contar tudo uns aos outros, como as mulheres das nossas vidas parecem estar determinadas a seguir até a morte.

Suportar

Não, a única coisa que importará para ele – *e que importará pra caramba* – é que eu dormi com o amor da vida de seu irmão menos de um mês depois que ele morreu.

Tento pensar, se fosse eu, o que o outro cara poderia dizer para me impedir de matá-lo.

Não consigo pensar em nada.

— O que foi, Zach? — Dane rompe o silêncio tenso entre nós e me pergunta.

— Eu estou apaixonado pela Bennett.

Merda, não era nada do que eu pretendia ter dito, nem de perto, para falar a verdade, mas simplesmente saiu. E agora que senti o gosto das palavras, que as reconheci em voz alta, eu sei, sem sombra de dúvidas, que elas são absolutamente verdadeiras. Quer ela se sinta da mesma maneira ou não, estou apaixonado por Bennett Cole.

Raios me partam, essa sensação é tão boa, que sequer me importo que estou prestes a levar um soco. Ah, sim... eu vou levar.

— Eu sei disso. — Ele ri. — Acho que foi você quem acabou de perceber isso, mas eu sei há anos. Era isso que você tinha a me dizer?

— Não, cara. Não era. — Passo uma mão pelo queixo, olhando fixamente para ele, de homem para homem. — Eu dormi com ela.

Ele inclina a cabeça para trás ao cair na risada.

— Eu certamente sabia disso também. Caramba? Você tem passado muito tempo com a mulher. Não tem problema, Zach. Tate se foi há muito tempo. Bennett merece seguir em frente, ser feliz. Deveria ter acontecido há alguns anos já. Não se preocupe.

— E aconteceu anos atrás. — Respiro fundo uma última vez, e, por fim, digo o que realmente precisava ser dito. — Dane, eu só dormi com a Bennett *uma* vez apenas, e foi algumas semanas após a morte de Tate.

Eu me sentiria aliviado por, finalmente, contar a ele, se não fosse pela dolorosa traição em seus olhos.

— Eu não sabia disso. — Sua voz é ilusoriamente paciente, sua calma é mais intensa do que a gritaria seria.

— Eu sei, e sinto muito, pelo momento, mas...

Isso é tudo o que consigo dizer antes de minha cabeça virar de uma vez para o lado, uma dor ofuscante irradiando pelo meu rosto. Eu a ignoro, no entanto, pois sabia que aconteceria; limpo o canto da boca onde consigo sentir o sangue escorrendo.

— Eu mereci essa. Mas não foi como se tivéssemos estabelecido um temporizador, cara. Ela estava sofrendo, e eu cuidei...

Porra. Okay, esse eu *não* estava esperando, veio do nada e me acertou bem no olho.

— Pare de bater nele! — Escuto Bennett gritar, e a vejo com meu olho bom, de pé na calçada junto conosco agora, chorando. — Não foi só ele, Dane! Eu estava lá também! Eu precisava dele, precisava me sentir próxima de alguém. Você sabe que eu amava Tate, mas você não faz ideia de como eu me senti. Eu nem tinha certeza! Ou sequer sabia como melhorar! Mas aconteceu, fez com que doesse menos! Você pode me odiar, mas é a verdade! Quer bater em mim também agora? Eu devia a Tate mais do que Zach. Vamos, Dane, bata em mim!

— Bennett, volte para dentro. Todos vocês, isso é entre mim e Dane! — rosno, me arrependendo instantaneamente, pois minha cabeça já está latejando e não precisava da ajuda, mas estou desesperado para tirar Bennett daqui. Não quero que ela veja isso.

E claro, nenhum deles dá ouvidos a uma única palavra que eu disse ou sequer finge estar considerando ir embora como pedi.

Maldita Galera.

Tudo bem, um espetáculo para todos será então.

— Se sente melhor? — pergunto para Dane. — Podemos fazer isso a noite toda, eu não vou revidar. Peço desculpas pelo que sei ter parecido um momento realmente desrespeitoso. Eu realmente sinto muito por isso. E sinto muitíssimo pelo seu irmão, meu amigo, e o noivo de Bennett.

Dessa vez, seu soco mal faz contato com meu queixo porque Beckett segura o braço dele por trás.

— Chega, Kendrick. Você não continua batendo em um homem que não está revidando. Eu entendo que você está bravo, magoado, tanto faz. Mas bater no Zach não trará Tate de volta e não vai anular o que já foi feito.

— Pensei que você estivesse bêbado, *Obi Wan*? — Evan pergunta. — Estou impressionado.

— Ver um de seus melhores amigos dar uma surra em um de seus outros te deixa sóbrio de alguma forma. Um desperdício de uma ótima tequila também, imbecis. Agora... — Beckett olha para Dane, depois para mim. — Já acabaram?

— Dane? — pergunto a ele. Permanecerei aqui a noite toda apanhando se for ajudá-lo a processar tudo isso, e espero que, perdoar tanto a mim quanto Bennett.

Suportar 153

— Não sei ao certo — ele diz, seu tom é sombrio.

— Ei, oi, uma perguntinha rápida. — JT atravessa a multidão. *Sim, o Esquadrão não dá ouvidos às ordens, assim como a Galera.* — Primeiramente, braço maneiro esse daí, paizão. E, tio Zach, Skylar vai ficar *empolgadíssima* por você estar com o olho roxo nas fotos do casamento dela. Mas, sério, pai — ele olha para seu pai —, o tio Tate iria querer que a Bennett ficasse sozinha, triste?

— Não. — Dane olha para o chão e balança a cabeça. — Não, ele não iria.

— E se é Zach quem impede isso, ele aprovaria? O tio Zach, em geral, quero dizer. — Laney se coloca atrás de seu filho e o envolve com os braços. — Ele teria alguma preocupação quanto ao tipo de homem que ele é, ou se ele seria bom para a tia Bê?

— Responda nosso filho, Dane — Laney diz.

Dane ergue a cabeça e me encara.

— Ele, definitivamente, confiaria Bennett a Zach. Talvez o teria escolhido a dedo, verdade seja dita. — Ele dá um passo à frente e estende a mão. — Me desculpe. Eu não deveria ter te esmurrado. Três vezes. Mas, ele era meu irmão. Você pode compreender isso e aceitar minhas desculpas. E mesmo se não o fizer, espero que não permita que isso te impeça de buscar o seja lá o que queira com Bennett. Ou que ela queira com você. Eu apenas... isso só me pegou desprevenido, sabe?

Aperto sua mão e o puxo para um daqueles abraços masculinos de lado e falo baixo para que apenas ele possa me escutar:

— Tudo bem, você bate como uma garotinha de 5 anos.

— Diga isso para o seu olho roxo, otário. — Ele ri.

— *Alguém* mais, tem *alguma* coisa que gostaria de anunciar? Confessar? Declarar? Fale agora, ou, por favor, por tudo que é mais sagrado, cale-se para sempre! — Evan diz. *Sim, definitivamente bebeu mais do que de costume.*

— Eu comprei para JT sua primeira caixa de camisinhas! — Sawyer declara com orgulho.

Maldito Beckett.

— Ah, e de Judd também! Na verdade, foi em uma viagem, nós três, então conta como uma coisa só. — Ele simplesmente *tinha* que acrescentar isso.

— Pare de falar. — Evan empurra Sawyer enquanto JT e Judd se esquivam. — Dane já distribuiu todos os seus socos, mas estou disposto a dar um murro nessa sua cara ridícula.

— Ótimo. — Bennett bate palma, uma única vez, forte e alto. — Graças a Deus, o casamento é amanhã. Mais um pouco dessa *puta* diversão e nós podemos não sobreviver. Acho melhor encerrarmos a noite por aqui.

Todos concordam com ela e Evan volta para dentro, segurando a mão de Whit, para pagar a conta.

— Dane, você vai rachar um táxi comigo, tipo, só eu e você. Vamos, *Rocky Balboa*! — Bennett agarra seu braço e o arrasta para longe antes que ele possa se manifestar.

Não faço ideia do que foi isso... e estou rezando com muita veemência para que ninguém jamais me diga.

CAPÍTULO 20

É PARA SER VOCÊ

Bennett

Dane e eu tivemos uma bela de uma volta no táxi juntos. Nós dois falamos muito do que precisava ser dito, e acho que nos entendemos melhor agora. Mais importante ainda, expliquei como, de todas as pessoas, eu pude perdoar a mim mesma de qualquer culpa. Com o mínimo de detalhes possível, deixei claro para Dane que não estávamos falando sobre uma noite animalesca onde esqueci tudo sobre Tate e apenas segui em frente com Zach. Foi, sinceramente, uma prorrogação da dor, onde nada mais existia – ou machucava –, e fui capaz de me sentir em paz, consolada por um tempo.

Isso pareceu fazê-lo se sentir melhor. Tenho quase certeza de que ele estava imaginando outra coisa em sua cabeça.

E deixei outra coisa muito *clara* também: se ele bater de novo em Zach, eu vou atrás dele. Ele não saberá como, ou quando, mas um dia ele vai se virar e *boom*, lá estarei eu, com uma adaga em mãos, visando por vingança.

Eu estava lá, naquela cama com Zach – *confie em mim, eu me lembro* – também, mas ninguém me esmurrou. E Zach ficou apenas parado e aceitou os golpes. Revidar nunca sequer foi uma opção que passou pela sua mente. E sejamos sinceros, todo mundo sabe que os 1.93m de altura e 110 quilos de Zachary Taylor Reece poderiam esmagar Dane se ele quisesse fazer isso.

O *único* homem que conheço que poderia ter uma chance contra Zach é Sawyer. E valeria a pena pagar por uma merda dessas no *Pay-Per-View* e fazer uma festa para assistir. Eu levaria as batatinhas, e apostaria no Zach.

— Então você e eu estamos bem? — pergunto, uma última vez. Ele comprou *mesmo* uma casa para eu morar, aquela que Tate escolheu para nós, e também passou para mim a academia de Tate, sem encargos. Eu me sentiria mal em ficar com qualquer uma das duas coisas se Dane não estivesse realmente de boa com a situação, ou comigo.

Ele pode ser mandão, um pé no saco exagerado, que coloca um "A" maiúsculo em alfa, mas eu o amo demais, por mais que tente transparecer que não me importo... eu me importo, sim. Eu não me perdoaria se soubesse que Dane pensava mal de mim.

— Sempre, Bennett. E se as coisas não derem certo com Zach, ou até mesmo se derem, Laney e eu estamos sempre bem aqui para qualquer coisa que você precisar. Isso nunca, nunca vai mudar. Te amo. — Ele beija minha testa. — Agora vá encontrar seu garoto e cuide dos machucados dele.

Nós nos separamos com um último abraço e sigo pelo caminho mais curto até a porta da única pessoa no mundo inteiro com quem realmente quero conversar agora.

Mas quando chego lá, punho erguido e pronta para bater à porta, algo súbito e indefinível me impede. Fico parada ali refletindo no que quero dizer, qual o resultado que estou esperando, e, finalmente, admito... que não faço ideia.

Mas sei que não posso dormir com isso, todas as perguntas, dúvidas, esperanças, e desejos rodopiando dentro de mim me deixaram ansiosa, um verdadeiro redemoinho temeroso.

Então faço o que qualquer covarde faria, eu me sento na frente de sua porta, apoio a cabeça contra a madeira, e começo a conversar comigo mesma, lançando toda a agitação que carreguei dentro de mim por tempo demais na atmosfera.

Loucura total? Talvez. Mas é um escape muito necessário, e Zach não vai me ouvir, já que provavelmente está na cama com um saco de gelo no rosto. Os dois saem ganhando nessa.

Deixe o universo grande e mal decidir o que fazer com tudo isso, porque sinceramente, eu estou exausta.

— Me desculpe pelo seu rosto — começo, com um tom calmo. — Ninguém nunca deveria mexer com essa beleza, mas estou muito orgulhosa de você por não revidar. Você é tudo o que um homem deveria ser, Zach Reece. Intensidade contida, força silenciosa e uma alma gentil. Eu estaria totalmente perdida sem você, caso ainda não saiba disso. E sei que não te agradeço ou digo o quanto você é importante para mim, a parte mais complexa da minha vida, nem perto do suficiente. Você faz tanto por mim e nunca pede nada em troca. Acha que não sei quantos encontros você cancelou ou saiu mais cedo para vir em meu resgate? Não vou mentir, eu entupi minha pia de propósito para te afastar daquela garota Ann ou Annie, sei lá o quê... Ela era bem rodada.

Dou uma risada, secando algumas lágrimas das minhas bochechas. Depois me reposiciono, porque esse chão é duro e impiedoso, e me viro para apoiar as costas na porta agora, abraçando meus joelhos.

— Odeio quando você vai a encontros. Não, eu *abomino*, a ponto de querer quebrar alguma coisa, ou alguém. Sempre me pergunto: "Ele está rindo tanto com ela quanto faz comigo? Ela age toda irritada quando ele pega comida de seu prato? Você se sente confortável o bastante para comer do prato dela?". Porque você, com certeza, come do meu. Eu nem *gosto* de vagem, Zach. Eu peço para você. Depois eu penso: "É bom ela nem pensar em reprogramar os botões do rádio dele, porque eu ralei pra caralho para deixá-los exatamente como eu queria. De um até três sou eu, quatro a seis é tudo você. E a vadia vai apanhar se reajustar a posição do banco do passageiro, levei um século para deixar onde consigo ver o para-brisa sem me esticar". Mas, acima de tudo, eu me sinto fisicamente doente, uma dor tão profunda que me paralisa, quando seus lençóis ou sua camisa ainda ficam com o cheiro de sexo. Ou perfume. Ou sexo com uma piranha que usa perfume barato. Não que eu possa te culpar por isso, mas não gosto. Eu odeio pra caralho. Sabia que não estive com ninguém desde você? — Rio de novo, mas a risada é afiada e repleta de um ressentimento amargo. E um quê patético. — Não, ninguém. Anos, *dois dígitos*, e nem uma única pessoa. Tenho um cartão da loja de brinquedos sexuais, uma daquelas coisas do tipo "compre dez, e ganhe um de graça". Ganhei, hmmm, eu diria pelo menos vinte itens de graça. Infelizmente, não estou exagerando.

Eu, literalmente, acabei de ouvir o universo rindo de mim. É, pelo menos está ouvindo.

— Tantas vezes eu quis apenas agarrar o seu rosto e te beijar sem parar, ou subir no seu colo e arrancar a camisa do seu corpo. Talvez esgueirar uma mão por baixo das cobertas quando estamos deitados juntos. Abrir a porta para você... nua. Alguma coisa, qualquer coisa! Mas estou com medo, apavorada, de perder meu melhor amigo. Aquela coisa toda de amigos com benefícios nunca funciona na vida real. Ou estraga a amizade, o que vou usar todos os brinquedos do mundo até minha mão cair antes de arriscar isso, ou as duas pessoas acabam juntas, uma grande epifania, de repente, fazendo com que elas entendam que pertencem uma à outra. E sei que isso não é uma opção para você. Imaginei que se você não deu um passo na última década, provavelmente não o faria mais. Você não tem relacionamentos sérios, sei disso. Quero dizer, olhe como nós estamos velhos e você nunca morou com uma mulher, ficou noivo, caramba, seu relacionamento mais longo durou quatro meses e doze dias. Sim, eu contei. Ela era nojenta também, aliás. Ivana. — Eu bufo uma risada. — Por favor, ela nem era da maldita família Trump!

Quero chutar a bunda dela, isso, sim.

— Senhora, posso te ajudar?

Eu me assusto, tão envolvida na minha história que nem notei a camareira – não a Tia – parar na minha frente.

— Na verdade, sim. Você tem um travesseiro nesse carrinho?

— Um travesseiro? — Ela acha que sou louca, sua expressão confusa evidencia isso. — Não seria melhor se eu te ajudasse a pegar um outro cartão de acesso?

— Não, só o travesseiro, por favor.

— Okaaay. — Ela arrasta a palavra, pegando um travesseiro de dentro do carrinho e o entregando com hesitação, como se fosse uma bomba acionada, ou, de novo, como se eu fosse louca e pudesse me sufocar com ele. — Tenha uma boa noite, senhora.

— Terei. — *Não terei, não.* — Obrigada.

Ah, muito melhor. Eu me deito, bem confortável, no meio do corredor de concreto, porque é assim que faço... e tento me lembrar de onde parei na minha autobiografia.

— Como eu estava dizendo, não vou te perder ou estragar o que temos por causa de uma confusão ocasional entre os lençóis. E não vou fazer com mais ninguém, porque a essa altura, minha vagina não apenas provavelmente se fechou sozinha, mas... quando você teve o escaldante, não pode voltar para o morno. Sim, foi escaldante, mas também carinhoso e amável. Prefiro ficar com o que tivemos como a minha última lembrança do que arriscar alguma outra desculpa medíocre de companhia turvando a imagem. E...

Espere um minuto...

Ai, meu Deus, é isso! Tem sido isso esse tempo todo! A pontada forte no meu peito se torna um sofrimento constante e vazio ante a enormidade da percepção que acabei de ter. Lágrimas escorrem pelo meu rosto e eu me sento, envolvendo os braços ao meu redor.

Todo mundo sempre diz que as pessoas no Céu estão olhando para nós. Isso significa que elas podem ver *tudo*? Até mesmo seus pensamentos?

Espero mesmo que não.

Mas fui longe demais para negar a mim a libertação que essa pequena conversa que estou tendo comigo mesma está trazendo. E estou em dúvida quanto a essa coisa de "ver os pensamentos", então é melhor dizer em voz alta.

— Eu amei Tate de todo o meu coração, e teria ficado feliz e loucamente apaixonada por ele, pelo resto da minha vida. Esse era o plano. E sei por que me senti tão culpada todos esses anos, e nunca ousei sonhar conosco, Zach. — Engulo em seco, a culpa descendo com dificuldade. — Talvez seja porque nós éramos tão jovens, ou talvez isso seja apenas uma desculpa, eu não sei. Mas Tate e eu... bem, não era como nós. Ele e eu, nós não éramos... você e eu somos mais próximos. Há um nível mais profundo que é difícil de explicar e ainda mais difícil de admitir. Me sinto absolutamente horrível por dizer isso, mas é verdade. Você e eu, nós conversamos sobre coisas das quais Tate e eu nunca falamos. Você nota tudo, os pequenos detalhes que ele nunca reparou. E estando juntos...

Vasculho minha mente, puxando dos recantos mais profundos toda e qualquer lembrança de mim e Tate; qual foi a sensação, como eu me senti... e paro. É demais.

Eu me levanto e agarro o travesseiro, abraçando-o.

— Acho que é o suficiente por agora. Sei que você não ouviu uma palavra do que eu disse, e tudo bem, eu precisava fazer isso por mim. Deus sabe o que é melhor, Zach. Somente agora mesmo consegui entender isso. Nunca mais falarei disso outra vez, mas — respiro fundo —, é para ser você.

Eu viro e saio andando, meus passos sobrecarregados por conta do meu dilema, me sentindo mais leve e mais pesada do que antes na minha vida.

Quando abro a porta do meu quarto, meu celular sinaliza uma notificação. Assim que o pego no bolso, cambaleio para trás quando vejo a mensagem.

> Zach: SOU eu, Ben.

CAPÍTULO 21

GATO E RATO

Zach

Não afirmo saber nada sobre casamentos, mas estou começando a suspeitar que pode ter havido alguma legitimidade em todas as reclamações de Laney sobre o pagamento de um pacote de casamento – que não vem em um pacote.

Está quase na hora de começar a cerimônia e eu não vi, nem consegui falar com Bennett o dia todo. Mas já vi o tal Pablo duas vezes! Agora, por que não consigo virar uma esquina sem esbarrar em seu traseiro feio, mas não consigo encontrar a minha linda ruivinha em lugar algum?

É porque, de acordo com Evan, as meninas começaram a se preparar assim que amanheceu. Cabelo, maquiagem, almoço nupcial e tudo mais que ele listou depois que parei de ouvir. Certamente, Bennett pode fazer seu próprio cabelo e maquiagem, certo? Pois é, eu já a vi fazer isso! Muitas vezes. Mas não, minha lógica é, aparentemente, ilógica neste ponto também, porque também fui informado de que Skylar insistiu para que todas as mulheres, avós também, fizessem todos os preparativos juntas.

Isso está me matando.

Ontem à noite foi preciso cada grama de força de vontade em meu corpo para não abrir a porta e envolver Bennett em meus braços, e depois enroscar nossos corpos um no outro.

Mas, por mais que meu pau me odeie por isso hoje, não era isso que Bennett mais precisava de mim no momento. E é isso que eu faço, com prazer; eu coloco as necessidades de Bennett à frente das minhas. Ela carregava o fardo de tudo o que desabafou ontem à noite há anos. Não havia como eu interrompê-la e negar-lhe essa libertação, ou, possivelmente, envergonhá-la.

E de certa forma egoísta, eu queria ouvir tudo. Ela foi completamente honesta, sem palavras ensaiadas ou refinadas, sobre as coisas que nunca diria se soubesse que eu estava ouvindo. Coisas sobre as quais passei anos me perguntando, duvidando de mim mesmo e me impedindo de lhe perguntar ou pressioná-la por muito tempo.

Agora eu sei.

E que se dane se não me pareceu fantástico ouvir isso.

Mas agora que finalmente posso assegurar-lhe que cada medo dela é espelhado pelos meus próprios e ainda estou mais do que pronto para assumir o risco, apenas com ela, não consigo encontrá-la!

Isso está me enlouquecendo.

Dou um pulo com a batida na minha porta, esfomeado pela ruiva de olhos verdes-esmeralda que sei que está esperando do outro lado. Não consigo nem imaginar a expressão no meu rosto quando abro para encontrar Dane parado ali.

— *Merda.* — Ele faz uma careta. — Desculpe pelo olho, cara. — Sua expressão é de arrependimento, mas sua boca, tremendo no canto, está totalmente dizendo *acertei em cheio o filho da puta!*

— Uh-huh, vá chupar um pau, Kendrick — resmungo e dou um passo para trás para deixá-lo entrar no meu quarto.

— Eu vou recusar essa sugestão, mas obrigado. Aqui, eu trouxe seu traje. Onde você encontra roupas para caber esse seu traseiro grande? — Ele ri.

— Sua esposa. Ela as escolhe e as entrega para mim, pelada. — *Okay, nada de risadas dele nessa. Vá entender, né?* — E por que exatamente eu preciso de um traje? Eu trouxe roupas, você me viu usá-las.

— Sky quer que todos usemos a mesma coisa. Casamento na praia, roupa de praia. — Ele dá de ombros, feliz por fazer a vontade de sua filha.

Não quero nem pensar nas barreiras pelas quais todos teremos que saltar quando Presley se casar. Ela é mais princesinha do que Skylar em uma potência elevada a dez. Sem mencionar que é filha única e tudo para Sawyer. Ele me disse uma vez, bêbado, (e não vou amenizar, um pouco sentimental), que a razão pela qual ele e Emmett nunca tiveram mais filhos é porque ele não queria arriscar que Presley duvidasse de seu amor por ela ou do fato de ela ser *sua* filha; como se uma criança ser biologicamente sua poderia causar-lhe alguma insegurança. Ele simplesmente não estava disposto a correr o risco.

Então, imagine o que ele vai fazer para que ela tenha seu grande dia.

— Eu sei que todos os padrinhos do noivo precisam combinar, mas o resto de nós também?

— Vista logo o maldito traje, Willie Caolho. Meu Deus, você está reclamando mais do que Beckett. — Ele ri ao sair pela porta.

Eu analiso a situação – okay, não tão ruim quanto eu pensava –, bermuda cáqui e uma camisa branca. Um *beach boy* arrumadinho – é a cara de Skylar. Mas não me surpreenderei se Judd aparecer com suas botas de cowboy, apesar do que sua noiva diz.

Quando caminho até a praia onde a cerimônia está sendo preparada, finalmente coloco os olhos naquele familiar cabelo ruivo, e o aperto que tenho sentido em meu peito o dia todo afrouxa. Só de vê-la – ao menos a parte de trás de sua cabeça. A bruxinha esperta já tomou seu lugar de propósito, enfiando-se protetoramente entre a mãe de Laney e Emmett. Ela sabe que isso me impedirá de exigir que conversemos agora mesmo, mas é apenas um imprevisto, que não vai me atrasar por muito tempo. Sorrio para mim mesmo; este seu pequeno truque confirma que os seus pensamentos também têm estado centrados em torno de nós o dia todo, de tal forma, que ela se sentou estrategicamente antes de eu aparecer aqui, e é bem provável que tenha corrido para aquele exato lugar.

Aproveite enquanto pode, Bennett, eu vou atrás de você.

Todos os outros começam a ocupar seus lugares. Que se dane, nem sequer sei quem são metade destas pessoas. Vaguear por casamentos para os quais não foi convidado e não conhece ninguém é algum tipo de coisa da Jamaica ou parte do pacote? Incluindo os ocupantes de assentos aleatórios. Assim que escolho uma cadeira, ao lado do pai de Evan, *alguém que realmente reconheço*, a música começa. Judd se aproxima do celebrante na frente, por coincidência... vestindo a mesma coisa que eu. *Mulheres.*

Todas as cabeças se viram para assistir a entrada dos casais de padrinhos até o altar fazendo seu caminho pelo corredor arenoso.

Exceto a minha cabeça.

Estou olhando para Bennett, que está de tirar o fôlego como nunca a vi. Ombros à mostra pelo vestido verde-menta sem alças que ela está usando, mantido no lugar pelos seus seios perfeitos e com altura até o meio de suas coxas impecáveis.

E ela sabe que eu estou olhando. Dando olhadelas rápidas pelo canto de um olho, o seu peito, onde o meu próprio olhar continua focado, subindo e descendo rapidamente com a sua respiração acelerada.

Ainda bem que fomos "instruídos" a usar as nossas camisas para fora das bermudas, porque a visão dela me deixa de pau duro. E a atração, o jogo de gato e rato, testando-se de forma mútua, vendo exatamente quanto tempo podemos resistir à tentação, sobreviver à expectativa... não posso dizer que não estou gostando. Porque sei que este jogo em particular, em breve, terá fim, e uma nova rodada, com possibilidades infinitas e prêmios muito maiores começará.

O grande momento chega, por fim, e quando Dane recebe o pedido para entregar Skylar no altar, volto minha atenção para essa direção. Não quero perder esta parte, porque de certa forma, estamos todos entregando Sky a Judd, expandindo o nosso cobiçado círculo. *Não, ignore isso, não estamos entregando ninguém.* Estamos circulando em volta do novo círculo, menor, que está sendo construído dentro do nosso. E dentro dele, eles estarão seguros, porque passamos anos reforçando esse círculo exterior, forjado a partir do aço mais duro e inquebrável.

Quando Dane se vira para tomar seu lugar ao lado de Laney na primeira fileira, juro ter visto o brilho das lágrimas em seus olhos.

Não o julgo nem um pouco.

Quem diria... a filha de Laney (de Dane também, mas irrelevante para meu argumento) está se casando com o filho de Evan (de Whitley também, mas de novo, irrelevante). Não é possível que eu seja o único que percebe a ironia nisso. Mas qualquer um que esteja olhando para o rosto de Judd agora, pode ver claramente como ele ama Skylar; não se pode negar – não importa como eles tenham chegado ali ou de onde tenham vindo –, eles nasceram para ficar juntos.

Após Judd beijar sua noiva e selar o acordo, todos nos levantamos e aplaudimos os recém-casados. E conforme a multidão, *sim, os desconhecidos também*, se desloca em direção à tenda da recepção, perco Bennett de vista em meio ao caos.

Mas a avisto novamente mais rápido do que acredito que ela gostaria de ser encontrada.

— Você está me evitando? — Chego por trás, jogando seu cabelo para o lado para sussurrar em seu ouvido. Sinto um prazer egoísta pelos arrepios que vejo surgir em sua pele com a minha chegada.

— Não — ela responde, baixinho, inclinando-se ligeiramente para trás até se recostar a mim, talvez tão sedenta por contato quanto eu. — Foi um dia corrido apenas.

— Você está linda, Ben.

— Obrigada. Você está muito bonito também. Eu preciso ir, porém, ver se Whitley ou Laney precisam da minha ajuda com alguma coisa.

Ela começa a se afastar, mas coloco um braço ao redor de sua cintura fina e a seguro.

— Você não deveria ficar em pé por tanto tempo. Eles estão com tudo nos esquemas, venha se sentar comigo. Vamos conversar.

— Meu pé está bem — diz, na defensiva, e consigo detectar na hora que ela está acionando seu escudo de proteção o mais rápido que pode. — Eu preciso pelo menos oferecer ajuda.

— Tudo bem, faça isso, eu espero. Mas, juro, Bennett. Volte a agir com frieza comigo depois daquele seu momento confessional e vou perder a cabeça.

Ela inspira fundo, como se estivesse ofendida.

— Não acredito que você está mencionando isso! E não estou sendo fria com você, há apenas algumas coisas que precisam ser feitas. Agora, vá achar a nossa mesa e daqui a pouco estarei lá. Está quase na hora dos brindes, danças e tudo mais.

— Como quiser — resmungo, deixando minha língua provocar a ponta de sua orelha. — Mas só para deixar claro, eu não vou esperar a noite toda. — Retiro o meu braço de sua cintura, com relutância, garantindo que o toque se prolongue, e a deixo ir.

Não sei por que estou surpreso; a garota é sua pior inimiga. As paredes caem, então você consegue dar uma espiada na verdadeira Bennett do outro lado, depois elas são erguidas novamente, duas vezes mais rápido e com a quantidade de tijolos em dobro. Desencorajado, mas não dissuadido, eu me sento em meu lugar marcado na mesa quatro e pego o cartão com o nome dela do outro lado da mesa e coloco na porra do lugar ao meu

Suportar 165

lado. Reclino-me em minha cadeira, um braço estendido sobre o encosto, e observo Bennett, de pé, andando por aí, dando o seu melhor para parecer ocupada, então decido tomar parte desse pacote enganoso sobre o qual não param de falar, e pego uma bebida sempre que um garçom passa. Emmett e Sawyer se juntam a mim na mesa, me salvando da vergonha de ficar sentado aqui sozinho como um completo idiota, e Sawyer me acompanha na degustação de bebidas.

Lanço um singelo e encorajador sorriso para todos os lugares certos enquanto Brynn faz seu brinde ao novo casal. Então Laney se levanta e faz seu próprio discurso, como só Laney Jo pode fazer; espirituoso, significativo e pontual. Estou orgulhoso dela, ela chegou até o fim sem desmoronar, como uma campeã.

Mas o trunfo é de JT, não apenas para sua irmã mais velha, mas para seu melhor amigo de toda a vida.

— Se eu puder ter sua atenção, é hora de fazer meu discurso de padrinho. Não se preocupe, é muito bom. Eu pesquisei por esta mer... uh, coisa, e tradicionalmente, a madrinha relaciona seu brinde mais com a noiva e o meu supostamente deveria ser para o noivo. Bem, baixem suas expectativas, pessoal, porque não é assim que vai rolar. Veja, quando você vem de uma família honorária que faz tudo um com o outro, até mesmo se casar, mas não a coisa toda de consanguinidade, ainda não chegamos nesse ponto. — Ele ri junto com a plateia. — Não há como conseguir focar mais em um do que no outro. Porque quase toda lembrança que tenho da Skylar, minha irmã mais velha, também tem Judd nela. E Judd tem sido meu melhor amigo desde antes que pudéssemos falar frases completas e legíveis que o outro compreendesse, e adivinhe só, Skylar também estava lá na época. De qualquer forma — ele diz, olhando para eles —, isto é para vocês dois.

Uma tela desliza para baixo, atrás da mesa principal, bem na hora.

— Ah, celulares com câmeras, a maior invenção de todos os tempos, e aplausos para os pais que lhe dão um quando você é jovem. — JT ri. — E eu sou um ótimo fotógrafo, pronto nos momentos certos, se é que me permitem dizer. — Ele clica no controle remoto em sua mão e a primeira imagem aparece para todos nós vermos. — Este seria Judd, não um médico de verdade, tratando o joelho de Skylar quando ela caiu de bicicleta. Tirei esta foto com toda a intenção de chantageá-la mais tarde, porque não tínhamos permissão de descer a enorme colina na Oak Street. O que é uma das principais razões pelas quais o fizemos, é claro. Mas a Sky levou muito tempo para me dar qualquer coisa que me levasse a chantageá-la e eu acabei esquecendo que tinha esse trunfo. — Todos rimos agora, até mesmo Dane.

JT clica no controle remoto novamente.

— Esta aqui é clássica! O que temos aqui, pessoal, é minha irmã e meu melhor amigo escondidos atrás da casa da piscina. Esta foto premiada foi tirada apenas segundos depois do que acredito ter sido seu primeiro beijo. Estou certo?

Skylar olha para ele, mas Judd assente com a cabeça e um enorme sorriso estampado em seu rosto.

As fotos continuam por um tempo, com uma descrição de JT para cada uma. É uma história de amor, uma linha do tempo de sua incrível jornada juntos, capturadas para sempre. Graças a um irmãozinho intrometido, que tenho certeza de que Sky aprecia agora... não há muitas pessoas que tenham uma foto de todas as lembranças preciosas. Inúmeros *Halloweens*, Judd sempre o príncipe da princesa Sky; Skylar franzindo o nariz enquanto seu primeiro baixo pende em sua alça rosa, Judd sorrindo a seu lado; Skylar com seu uniforme de líder de torcida, aplaudindo à margem do campo enquanto Judd corria para fazer um *touchdown*; Judd segurando um grande cartaz convidando-a para o baile de formatura. E o melhor, que ganhou gargalhadas de todos, exceto dos quatro pais, que queriam sorrir, eu sei que queriam... Judd escalando a grade até a janela de Sky.

— E isto. — A voz de JT suaviza a um tom que nunca o ouvi usar, e ele parece estar um pouco engasgado. — Esta é Skylar sentada na janela da sua sacada algumas horas depois de você tê-la pedido em casamento. Acho que talvez seja a minha favorita. Você a faz feliz, Judd. Você sempre a fez. Sempre que nenhum de nós conseguia fazê-la parar de chorar, ou fazê-la ser racional, eu ligava para você... e pouco depois de sua chegada, ela já ficava bem novamente. Tudo o que ela sempre precisou foi o lembrete de que sempre teve você, não importa o quê ou contra quem, do lado dela. A maioria dos caras teria ficado puto quando seu melhor amigo deu em cima de sua irmã, mas eu nunca fiquei, porque sabia que não era isso que havia acontecido. Você não deu em cima, os dois se conectaram. E de qualquer um, estou feliz que seja você, amigão. Não significa que não o matarei se for necessário, Sky. Você tem meu número. — Como seu pai, ele dá uma piscadinha para sua irmã. — Então, parabéns. — Ele levanta sua taça e todos nós fazemos o mesmo. — A Judd e Skylar, duas das minhas pessoas favoritas no mundo. Continuem sendo felizes; vocês, certamente, sabem como.

Suportar

Que maldito discurso bonito, mais uma vez, tão parecido com seu pai. Todos estão agora de pé, aplaudindo, emocionados.

O jantar é então servido, ainda sem Bennett à mesa, e consigo engolir o prato de frango *a la* alguma coisa, que não me lembro de ter pedido. Em qualquer outra noite, quando eu não estivesse sentado sobre alfinetes e agulhas, impaciente, provavelmente teria parecido muito gostoso. *Pelo jeito, Ben não está com fome. Ou ainda não está pronta para me encarar?*

— E agora, está na hora do Sr. e da Sra. Judd Allen terem sua primeira dança como marido e mulher. — Ah, olha, parece que Pablo teve pelo menos uma tarefa específica e conseguiu realizá-la: aquele anúncio. Assim que Skylar e Judd seguem, de mãos dadas, para a pista de dança, Bennett desliza em seu assento ao meu lado.

— Que surpresa vê-la aqui. — Eu me inclino para perto dela e a provoco, baixo e suave.

Ela ri, um som tão melódico.

— Por que, Sr. Reece, o senhor tem se deliciado com o champanhe grátis?

— Culpado. — Mordisco sua orelha, mas ela me afasta e me cala com seu cenho franzido.

— A primeira dança é importante, preste atenção! — Sua repreensão é sussurrada, mas ela, definitivamente, espera que eu a escute.

Ei, eu conheço esta música com a qual eles estão dançando! *Como* eu conheço esta música que eles estão dançando?

— *"Turning Page"* — ela diz, suavemente, passando a mão pelo meu braço. — É daqueles filmes de Crepúsculo que eu fiz você assistir. — E o sorriso caloroso e largo que tenho esperado que ela me concedesse a noite toda aparece quando seu pé encontra minha perna embaixo da mesa.

— Você não me obrigou a nada. — Coloco a mão sobre o joelho dela e o afago gentilmente. Ela enrijece, mas terá que lidar com isso; não consigo ficar mais um minuto sem tocá-la. É uma absoluta tortura ficar próximo o suficiente para sentir o doce aroma de lilás que sempre parece permanecer em sua pele, escutar sua voz e sua risada... e ainda me sentir a quilômetros de distância dela. Esse contato físico sutil pelo menos diminui o espaço entre nós, que parecia ser intransponível o dia inteiro, então posso manter a calma até a festa acabar e depois, finalmente, ficar a sós com ela.

— Eu assistiria o que você quisesse, Ben. A qualquer hora.

Bennett

Tudo foi muito lindo; Whitley se superou mais uma vez. Acho bom Pablo ficar feliz por ter trabalhado com ela. Você não poderia ter pedido por um casamento mais paradisíaco; o ar quente, uma brisa suave vinda do mar e a tenda branca preenchida com a luminosidade agradável das velas.

Há certos momentos "importantes" em um casamento quando é esperado e respeitoso que realmente se preste atenção... especialmente se você for tia tanto do noivo quanto da noiva. E é por isso que me obrigo a retirar a mão de Zach do meu joelho e afastar um pouco a minha cadeira da dele.

Não posso fazer isso com ele agora. A atmosfera do casamento já está me confundindo o suficiente, preenchendo minha cabeça com uma névoa romântica e caprichosa. Não consigo lidar com ele me tocando também! Ele está tão sexy, seu cabelo loiro-escuro estiloso sem ele sequer ter penteado, sua camisa branca aberta apenas o suficiente no colarinho para eu dar uma espiada em seu peitoral tonificado. E a barba por fazer ao longo de sua mandíbula esculpida, bem, vamos apenas dizer que é injusto.

Faço o meu melhor para ignorar a eletricidade entre nós, aquela atração magnética sendo emitida de seu grande corpo, ainda muito próximo do meu, e assistir Dane e Skylar dançando ao som de *"I Loved Her First"*. Naturalmente, algumas lágrimas escapam, mas levanto uma mão para impedir Zach de se aproximar e me confortar. E em seguida, quando é a vez de Whitley e Judd terem sua dança de mãe/filho ao som de *"Simple Man"*, as lágrimas são inevitáveis.

Não somente porque é lindo, e não poderia haver uma música mais apropriada para Judd, mas me faz pensar demais sobre outro homem simples que conheço, absolutamente glorioso em sua simplicidade.

Se está quebrado, ele irá consertar.

Você precisa? Ele irá atrás.

Você quer? Ele irá procurar.

Você diz? Ele irá escutar.

Simples assim.

E quando a música volta a tocar para todos se juntarem à pista de dança, JT está bem do meu lado antes que Zach possa fazer qualquer coisa a respeito, me chamando para dançar. Eu pulo, literalmente, com a oportunidade de... ter mais tempo para desacelerar o meu coração para que a minha cabeça possa pensar.

Eu danço com JT, vendo Zach me observar com um olhar predatório em seus olhos verdes, enquanto ele dança com Emmett. Por que Emmett? Porque Sawyer não para de dançar com Presley, todas as músicas, só para que Blaze não tenha uma brecha para tirá-la para dançar.

E no canto da pista de dança, aparentemente em sua própria bolha, está Brynn expandindo suas asinhas de bebê... nos braços de Ryder. Eu tenho altas expectativas para aquele par. Ryder parece ser um rapaz muito bom e está obviamente apaixonado por Brynn. O que me diz que ele é inteligente também; ótimos olhos esses que ele tem, porque ela é realmente uma garota especial.

Então, basicamente, além de Blaze e Presley, as únicas duas pessoas que não dançaram juntas em algum momento durante a noite foram Zach e eu. Ah, nós temos dançado, sim, apenas ao redor um do outro.

— Okay, Bê, estamos prestes a fazer a nossa coisa. Certifique-se de filmá-la para o YouTube — JT avisa quando a música do momento termina.

— Do que estamos falando exatamente? — pergunto, já com medo da resposta.

— *Pura magia.* — Ele faz uma coisa estranha de jazz com as mãos, que eu realmente espero que não seja a reprodução do que quer que seja que ele tenha planejado. — Apenas prepare seu celular!

Entendo bem rápido o que está acontecendo quando Whitley coloca Skylar em uma cadeira na beira da pista de dança e Judd, JT, Ryder e até mesmo Blaze, se juntam ao lado e todos colocam óculos escuros.

Se eles estão prestes a fazer o que acho que estão, ou Blaze é um aprendiz muito rápido... ou não foi bem a chegada "surpresa" que ele pretendia fazer. O que, agora que penso nisso, o número de rapazes/garotas contabilizados na festinha estaria destoando se ele não tivesse aparecido convenientemente. *Ah, a Srta. Presley vai ouvir isso de mim mais tarde sobre mentir para sua tia Bennett. Te peguei no pulo, princesa!*

E aqui vamos nós. *"Lose My Mind"*, de Brett Eldredge, começa a tocar e os meninos tomam a pista. Urros e gritinhos ressoam em meio à multidão, palmas ressoam conforme o ritmo. Judd está na frente, é claro, dançando como um rapaz do campo que acabou de se casar com a garota de seus sonhos. Skylar está se acabando, rindo através de lágrimas de pura felicidade, enquanto seu novo marido canta sobre ser louco por ela.

Okay, então talvez o Blaze realmente *teve* que aprender a coreografia na hora. Isso ou ele simplesmente não tem nem um pouco de ritmo em seu corpo. Mas Ryder tem alguns passos muito bons, e olho de relance para Brynn; sim, Brynny está gostando.

A coisa toda é preciosa e eu gravo tudo isso em vídeo, focando em algumas participações especiais de JT, porque, sim, ele vai fazer questão de assistir, especificamente para vê-las.

Quando todo o alvoroço da última surpresa acaba, um flash de calor se propaga sobre meu corpo e eu sei, sem me virar... que Zach Reece está bem atrás de mim. E ele está perdendo a paciência.

CAPÍTULO 22

EU SOU O HOMEM

Zach

É, estou logo atrás de você. E você sabe disso. É por isso que sua pele impecável está toda corada, e ouvi seu suspiro ofegante que acabou de escapar para te irritar.

Vire-se, Bennett. Vire-se e vamos enfrentar isso de cabeça erguida, juntos.

Assim desejo, querendo que aconteça mais do que qualquer coisa que eu já quis antes, mas seu traseiro teimoso se recusa.

Claro, eu poderia apenas agarrá-la e girá-la, tomar sua boca como se eu fosse o dono daquilo, recitar de volta tudo o que ela não pensou que estava me dizendo no corredor ontem à noite. Mas não vou fazer isso.

Momentos monumentais pedem por catalisadores ousados e imprudentes. Avós não se sentam em suas varandas e contam as histórias chatas. Não, eles contam aquelas que mudam a vida, relatos onde palavras como "apenas sabia, *BAM*, chocante, e avassalador" são usadas, as mãos se movendo e a imensidão da história brilhando em seus olhos.

Eu sou o Zach *Fodão* Reece. Posso fazer coisas espetaculares o dia todo.

E não apenas mereço que ela venha até *mim*... Eu mereço uma história minha para contar um dia.

Volto pelo mesmo caminho por onde vim e sinto os olhos dela a cada passo em que me afasto.

— Ei! — chamo a atenção do DJ, tomando o restante da minha bebida e entrego para o garçom que passa. Quando o DJ se inclina para me ouvir, digo a ele meu plano. Ele ri, mas concorda em me ajudar.

— Boa sorte. — Chocamos nossos punhos.

Whitley vem voando pela tenda, atravessando a multidão, preocupada o bastante por nós dois.

— *O que* você está fazendo? — ela pergunta, em meio a um sorriso tenso.

— Estou vendo o que ela faz — afirmo, simplesmente.

— Você o quê? — Ela ergue as sobrancelhas, mas é breve. — Oh. — Sua boca forma um "O" e seus olhos dobram de tamanho quando se dá conta. — Tudo bem, então, vá pegá-la, garotão.

A música cessa, Whitley se afasta e o DJ toca no meu ombro com o microfone. O ar crepita com uma eletricidade de expectativa, tão intensa que não posso ser o único ser vivo ali sentindo a energia.

Hora do show.

— Acho que seria grosseria da minha parte roubar o centro das atenções em um casamento sem dizer algo para o casal sortudo de honra. — Passo uma mão pelo meu cabelo. — Skylar, Judd, eu amo muito vocês dois, e não poderia estar mais feliz por vocês. Na verdade, os dois, juntos, vêm construindo sua história há anos. — Dou uma olhada rápida para Bennett, e a encontro já me encarando. — Bem parecido com outras coisas. — Suas bochechas coram e ela abaixa o olhar.

Prossigo, ignorando o desejo torturante no meu peito:

— Estou orgulhoso de vocês por abraçarem isso, apesar de qualquer obstáculo ou ceticismo que enfrentaram no início. Por lutarem pelo que sabiam que queriam, não importava o que qualquer outra pessoa pensasse. O que vocês sabiam que era certo, perfeito, inevitável. Não é sempre fácil assumir riscos, dar o primeiro passo ou se colocar lá, com a chance de ficar muito bem a ver navios. — Pigarreio e tiro da cabeça pensamentos sobre o que isso faria comigo. — Mas vocês, crianças, me inspiraram a dizer, de uma vez por todas, em voz alta. E só posso torcer para que eu não fique à deriva.

Meu olhar segue na direção dela, observando aquele corpo lindo e minúsculo de um jeito lento e fervoroso, para que ela sinta o toque a acariciando.

— Escute, Bennett Rose Cole, porque estou falando com você, pedindo para que você me diga se estou certo ou se estou louco. E é a última vez que vou perguntar. — O cômodo explode com arquejos, sussurros e um distinto grito de "já estava na hora" vindo de Sawyer... quem mais?

"Você está tão encrencado", ela move a boca para mim do outro lado da tenda pouco iluminada, passando um dedo por sua garganta.

Meus lábios formam um sorrisinho ardiloso.

— Espero que sim — movo a boca de volta e abaixo o microfone. Para esperar.

A música que escolhi começa e ela dá uma risadinha, balançando a cabeça. Ela reconhece na mesma hora: *"I'm The Man"*, do Aloe Blacc.

Ergo uma sobrancelha, a pergunta significativa pronta para uma resposta. *Eu sou o homem, Bennett? Seu* homem? Você vai dizer para todos? Aqui, agora mesmo – você decide, linda –, vai gritar aos quatro ventos ou me deixar esperando. O que vai ser?

Eu a avalio, observando, daqui, as engrenagens se mexendo em sua cabeça. A Galera toda está perto dela, todos olhando com o que parece ser a mesma expectativa que está se agitando dentro de mim. E então eu vejo, o momento em que ela decide.

Pular.

Literalmente.

Ela corre pelo piso, as bochechas molhadas por causa das lágrimas e salta nos meus braços, sabendo que irei segurá-la. O que eu faço com prazer. As coxas torneadas envolvem minha cintura tão rápido quanto seus braços enlaçam meu pescoço.

— Sim — ela sussurra, solenemente, o olhar fixo no meu. Os gritos de comemoração desaparecem, meu foco somente nela, em nós.

— Sim o que, Bê? — Preciso ouvir.

— Sim, você é o homem. *Meu* homem. — Suas lágrimas abafam a doce promessa há muito esperada.

— Pode ter certeza de que eu sou — grunho, e descaradamente saio dali carregando-a para fora da tenda o mais rápido que meus pés conseguem se mover.

Ouço palmas à distância assim como vários gritos de incentivo que eu não poderia dar a mínima para interpretar ou reconhecer. Até que enfim, tenho a única coisa que quero.

Mas, Sawyer, bem, quando ele quer ser ouvido... ele é ouvido.

— Não liguem para nós, Zennett, façam o que têm que fazer, eu vou segurar o casamento!

Zennett... seja lá onde Presley estiver, ela está rindo agora, garanto; assustador o quão parecido a mente dela e do pai funcionam.

— Aonde estamos indo? — ela pergunta, contra minha pele, dando beijos famintos e molhados ao longo do meu pescoço, fazendo minha cabeça girar.

Não faço ideia, mas posso garantir que não vou subir até um de nossos quartos. Estive esperando para estar dentro de Bennett de novo por tanto tempo, que estou quase delirando com o mísero pensamento de fazer isso outra vez.

Nós passamos de expectativa para tortura muito, muito tempo atrás.

— Bennett, não consigo esperar. Tenho que ter você agora, amor. — Minha voz está áspera e instável, bem como o meu pau.

— Sim. — Ela para de chupar meu pescoço e olha em volta de maneira frenética. — Ali. — Aponta para uma pequena tenda listrada. — É uma das estações de bufê. Depressa — ela resmunga, adoravelmente, apertando meu corpo com as coxas, esfregando seu centro contra minha ereção.

— Se manda, agora! — grito para a pobre mulher limpando a tenda. Ela derruba um prato e sai correndo, me xingando baixinho. Se ela apenas soubesse, ela me perdoaria, tenho certeza.

Seguro a bunda perfeita de Bennett com um braço e uso o outro para jogar tudo o que estava sobre a mesa no chão. Coisas voam por toda parte, espatifando no piso... *Pergunte se dou a mínima?*

No segundo em que a coloco sentada na beirada da mesa, o caos se instala. Não há nada sequer levemente sofisticado ou experiente na situação, nenhuma coordenação enquanto devoramos um ao outro. Bocas rangem quase dolorosamente juntas e mãos exploram de maneira desesperada enquanto nos fundimos em um só. Ela sibila na minha boca e prende meu lábio inferior entre os dentes quando passo as mãos em seu cabelo, inclinando sua cabeça para aprofundar o beijo, fome controlando cada movimento frenético. Ela tem gosto de champanhe e Bennett, sua língua se entrelaçando à minha, lançando um feitiço do qual nunca quero me livrar.

Ela me priva de sua boca, rasgando minha camisa e puxando com desespero de dentro da bermuda.

— De jeito nenhum — rosno, segurando seus pulsos e deitando-a de costas. Ela *pensa* que quer brigar comigo, discutir, mas sua respiração irregular não irá permitir muita conversa... e o desejo ardente em seus olhos é mais voraz do que desafiador.

Levanto as laterais de seu vestido até a cintura, meu olhar fascinado no pequeno tecido de renda cobrindo meu prêmio. Devagar, abaixo a calcinha por suas pernas trêmulas até tirá-la. Envolvo meus dedos ao redor de seus tornozelos, erguendo seus pés para que se apoiem na beirada da mesa, depois faço com que abra ainda mais as pernas deliciosas.

— Ninguém desde então, hein?

Quero ouvir de novo. Quero que ela diga na minha cara que nenhum outro homem tocou essa linda boceta à minha frente.

Ela cora e balança a cabeça em negativa, seu cabelo ruivo se espalhando pela mesa com sua resposta.

— Me fale, Bennett. Quero ouvir você dizer, ciente de que posso te ouvir. Me diga quem foi o último homem aqui.

— V-você — ela ofega.

Um estrondo selvagem de posse sobe pelo meu peito.

— Olhe para mim. — Seus olhos, um verde-floresta, escurecidos pelo desejo, desviam para os meus. — E quem será o último homem a estar aqui?

— Você. — Dessa vez não há hesitação, apenas uma promessa concreta e reverente.

Eu a toco, um dedo deslizando de leve pelo seu centro. Ela está inchada de desejo, ânsia, e não consigo mais me segurar. Eu a puxo para a borda e me ajoelho.

— Você entende — meu hálito quente a aquece — que *você*, essa boceta, cada parte sua, são minhas agora, para sempre. Daqui em diante, chega de brincadeira, Bennett. Você está comigo?

— Sim, minha nossa, sim, Zach. *Por favor.*

— Só me certificando. — Dou uma risada, minha alma em paz como há muito tempo não ficava.

Ela está comigo.

Sinto o cheiro inebriante de seu desejo e abaixo a cabeça para cobrir sua doce e brilhante boceta com a minha boca. Puta merda, mas esse primeiro gosto... *é surreal.* Na nossa única vez antes, eu não fiz isso. Se tivesse feito, eu a teria pressionado bem mais cedo e muito antes do que fiz, porque nunca mais vou ficar sem isso de novo.

Tenho que segurar seus quadris para impedi-la de se contorcer para fora da mesa.

— Você gosta disso, amor?

— Mhmmm — ela murmura, erguendo os quadris, suplicando para que minha boca retorne.

Abaixo de novo de bom grado, lambendo seu centro, extraindo os barulhos sensuais que ela faz, a forma como ela enfia as unhas nos meus antebraços.

— Mais, Zach. Estou tão perto... — Sua voz estremece, assim como suas coxas.

Enfio dois dedos e ela faz uma pequena careta. É incrivelmente apertado, e meu pau se contrai, querendo sentir esse aperto por si só. Faço meu trabalho devagar, esticando-a, apenas saboreando seu centro sedoso e o fato de que estamos mais uma vez, finalmente, reconhecendo a inegável conexão entre nós. Eu a acaricio até que alcanço o lugar que a faz se movimentar mais rápido contra a minha mão e ronronar como uma gatinha.

— Você quer gozar assim, amor, ou quer a minha boca também?

— Sim!

Ergo os lábios para sua delirante resposta incerta. Acho que vou decidir por ela, e minha decisão é "sim" para tudo, abaixando a cabeça para mais. Para se unir aos meus dedos.

Giro a língua ao redor de seu clitóris, mais rápido e depois mais devagar, sem nunca parar de esfregar o ponto glorioso dentro dela. Quando seus músculos internos se contraem e ela grita meu nome sem fôlego, agarro o pequeno broto pulsante em meus dentes e seguro com firmeza, movendo a língua depressa e aprofundando meus dedos.

— Oh, *porra*. — É um longo grito, sua cabeça balançando de um lado o outro enquanto ela goza na minha boca, cobrindo meus dedos e língua com seu calor sedoso e molhado.

Minha pequena tigresa, seu sangue queimando tanto quanto seu cabelo e seus lábios inchados pelos meus beijos, não para ou descansa por um segundo, como a maioria das mulheres faria, saciada e querendo relaxar no esplendor de seu orgasmo. Não, *minha garota* se senta e se lança sobre mim, atacando minha boca, meu pescoço e minha orelha.

Deus, me ajude, a orelha. Ou melhor, o que ela implora de forma muito delicada contra o meu ouvido:.

— Me foda, Zach. Me foda agora.

Nossas mãos se embaralham para abaixar meu short e a cueca boxer.

Bennett é uma garota muito pequena; por isso, dançou durante anos sobre os meus pés, as atrações do parque de diversões que nunca pudemos ir juntos e o fato de que todos os seus armários superiores estão vazios. E, ainda assim, nunca pareceu ter tanto dela quanto agora, onde quero me banquetear entre suas pernas para sempre. Quero lamber cada centímetro de sua pele. Nunca quero parar de beijar sua boca e minhas mãos formigam para traçar e memorizar cada parte dessa mulher.

Mas ela quer ser *fodida*.

E, sim, isso definitivamente está na minha lista também.

Suportar

Podemos ir devagar na próxima vez.

Agarro a base do meu pau dolorosamente duro e alinho com seu centro encharcado, postergando de forma deliberada, o olhar fixo onde nos encontramos.

— Mhmm... Zach — ela geme para mim e ergo o rosto, precisando mais do que tudo ver aquele olhar em seu rosto quando arremeto. Lágrimas surgem em seus olhos e me fazer congelar no lugar.

— Eu estou te machucando?

— Não. — Ela dá uma risadinha, o que faz coisas insanas com seus músculos que estão envolvendo a cabeça do meu pau no momento. — Na verdade, eu finalmente não estou mais machucada.

Minha garota adorável.

— Nem eu, amor. Nem eu. — Inclino-me para beijar seus lábios, apoiando meu peso sobre meus antebraços ladeando sua cabeça, e deixo incutido no beijo o que realmente acabamos de dizer um ao outro. Chega de sofrimento, vazio, e desejo que nunca frutifica. A dúvida e a insegurança não podem mais nos machucar; estamos juntos agora.

Bocas unidas, nossas línguas se entrelaçam e giram no ritmo em que meu corpo desliza sobre o seu. Nada nunca pareceu mais natural, mais sincronizado. Seu veludo ao redor do meu aço, seu minúsculo e macio corpo submisso abaixo do meu, grande e firme.

Ela ergue os pés e apoia os calcanhares na minha bunda, me estimulando a ir mais fundo, ou mais rápido, ou ambos.

— Faça amor comigo mais tarde, a noite toda. Mas agora, agora eu quero que você me foda com força, Zachary Reece. Preciso disso.

Tento me controlar, tomar muito cuidado com seu corpo frágil e inexperiente, mas quando o amor da sua vida te diz para fodê-la... você a fode.

Entrelaço nossas mãos acima de sua cabeça e a cubro com meu corpo, investindo contra ela como um animal no cio, primitivo e incontrolável. Ela corresponde minha paixão, contraindo ao meu redor de uma forma que me faz agarrar desesperadamente à minha resistência. Ela é tão apertada que não há parte alguma do meu pau que não esteja sendo envolvida e estimulada por ela. A mistura exótica de lilás, suor e sexo alucinante nos rodeia e os pequenos gemidos que escapam dela quando deslizo até a ponta e depois arremeto de novo, através de suas paredes acetinadas com a força que ela suplicou, incineram completamente minha perseverança.

Encontro seu clitóris e o provoco sem misericórdia com meu polegar, sugando sua língua, garantindo que eu acerte seu *ponto-G* a cada estocada.

— Ben, amor, goze para mim, junto comigo. Você está perto?

Sua resposta é um grito alto, que pode ser ouvido lá na tenda do casamento, junto com um tremor que percorre seu corpo inteiro. Inclino a cabeça para trás quando me desfaço com ela, um rugido escapando da garganta conforme esvazio anos de desejo negado dentro dela.

CAPÍTULO 23

LÁ VAMOS NÓS

Bennett

— Você não pode estar falando sério. — Rio, tentando me contorcer para longe. Não é um feito fácil quando você está presa embaixo do corpo enorme e glorioso de Zachary Taylor Reece.

— Eu *pareço* sério? — ele diz, apesar de estar com a boca no meu seio, seu pau ainda duro deslizando sugestivamente pela minha boceta.

Depois do que espero ter sido uma escapada discreta da tenda do bufê, nós voltamos para a suíte dele e nos amamos de novo. Mas na segunda vez, nós não nos apressamos, de alguma forma nos controlando e desacelerando por tempo o bastante para que ambos ficássemos completamente nus, a fim de que pudéssemos explorar de maneira livre cada parte um do outro.

Ele fez amor comigo. Sem pressa e metodicamente. Traçando as pontas de seus dedos pela minha pele, lambendo e beijando um caminho até embaixo, depois subindo outra vez enquanto enaltecia a mim e ao meu corpo com uma reverência ampla e profunda. E... ele passou muito tempo garantindo que meus seios não fossem excluídos desse processo de adoração. Na verdade, ele ainda está por lá agora; e parece mesmo gostar deles.

— Zach. — Afasto sua cabeça, tentando soltá-lo do meu mamilo por tempo o bastante para olhar para mim, mas ele se recusa a ceder ou a se distrair. — Por mais excitada que a *minha garota* esteja por você ter voltado, eu gostaria de poder andar amanhã. Não faz sentido desgastar seu novo brinquedo reluzente em uma noite só.

Ele está literalmente no meio de um momento "só a pontinha" lá embaixo, acho que pensando que não vou perceber.

Eu percebi.

— *Ben*. — Eu diria que ele choraminga, mas a forma áspera como ele transforma meu nome em uma súplica é sexy demais para chamar assim. — Me dê algumas opções, um meio-termo. — Olhe só para ele, tão objetivo... enquanto desliza a ponta para dentro e para fora.

— Você é insaciável. — Dou uma risadinha, empurrando-o de novo. — Que tal assim? Deixe-me tomar um banho, mergulhar as *coisas* e enquanto faço isso, você pede alguns reabastecimentos para nós. Carboidratos, com certeza carboidratos, e depois nós vemos o que acontece.

Ele faz um beicinho, a coisa mais sensual que já vi na vida, porque não é um chilique ou algo assim, mas um homem em chamas que está prestes a entrar em combustão porque te quer tanto, a ponto de dizer isso com uma careta. Mas, relutantemente, ele concorda, me dando um beijo que quase me faz mudar de ideia, e depois sai de cima de mim.

— Você quer que eu corra para o seu quarto e pegue algumas das suas coisas femininas de banho? — ele pergunta.

Deus, ele é magnífico, apenas parado ali, confortável em toda a sua nudez gloriosa – com razão. Seu cabelo bagunçado por conta das minhas mãos ávidas e seus olhos verdes estão brilhando. Essa viagem acrescentou um brilho dourado à sua pele, firme sobre seus músculos vigorosos. Aqueles ombros largos, decorados com uma tatuagem ousada e escura, uma cintura fina e abdômen definido. É, Zach é uma beleza, não há como negar.

E suas mãos apoiam-se nos quadris, que estão conectados com a junção que leva perfeitamente ao seu pau, tão grande e lindo quanto o restante dele.

— Está repensando aquele banho? — Seu tom de voz sedutor interrompe minha análise e eu me obrigo a desviar o olhar de seu corpo para seu rosto, onde um sorrisinho presunçoso me aguarda. — Eu amo quando você olha para mim assim, Ben. Acredite em mim, o sentimento é mútuo.

Como eu resisti a ele por tanto tempo?

— N-não. — Umedeço meus lábios ressecados. — Preciso de um banho quente. E, sim, eu gostaria das minhas coisas, se você realmente não se importar em ir buscá-las...

— Não me importo nem um pouco, amor. — Ele começa a se vestir, e corro para o banheiro, antes de ser tentada de novo a mudar de ideia. — Já volto — ouço-o dizer por sobre o ruído da água que agora enche a banheira.

Assim que a quantidade é o bastante para me sentar, eu o faço, me

Suportar 181

abaixando no alívio caloroso. Não vou mentir, estou mais do que um pouco dolorida. É tipo... digamos que você seja um escalador e por algum motivo parou, de repente, *por anos e anos*, e depois um dia decidiu simplesmente escalar o Monte Everest – sem qualquer aquecimento ou alongamentos.

Parece muito com isso.

Não que eu esteja reclamando.

Assim, me abaixo ainda mais na água, apoiando a cabeça na beirada e fecho os olhos, começando a pensar.

Como sou tão abençoada? O que fiz para merecer tal favor do Céu? Você sempre escuta as pessoas dizendo: "Deus faz alguém especial para todo mundo". Bem, ele fez dois para mim. Ele enviou Tate para a minha vida, ou melhor, ele me enviou rastejando pelo corredor até seu quarto, e eu fui amada, bem e verdadeiramente. E eu devolvi esse amor, por completo. Mas então, quando Deus obviamente tinha outros planos, um que pensei que iria me partir por inteiro, me quebrando em tantas partes que achei que nunca seria remontada... acontece algo que prova que Ele não me esqueceu de jeito nenhum. Não, Ele só mudou o plano... e me enviou Zach.

E mais uma vez, me encontro bem e verdadeiramente amada. E eu o devolvo, há anos, por completo.

Deus deve mesmo gostar de ruivas.

Ou talvez Ele simplesmente goste de mim. E queira que eu seja feliz. E que tipo de pessoa eu seria se não aceitasse esse presente e o passasse adiante?

Uma pessoa terrível.

Portanto, vou fazer Zach tão feliz que ele não saberá o que o atingiu.

— Ben! — Levo um susto quando ele grita e me sento de supetão. — Caramba, amor, acabei de ganhar você, então não se afogue na banheira, por favor. — Sua risada é brincalhona, linhas de preocupação evidentes em sua testa e ao redor de seus olhos.

Acho que adormeci enquanto a água ainda estava correndo. Com certeza, teria me acordado quando chegasse ao meu rosto, mas, mais uma vez... Zach está bem ali quando preciso dele.

— Okay, dorminhoca, está pronta para sair? Acho que temos que te levar para a cama. — Ele não espera pela minha decisão, puxando a válvula do ralo da banheira. — Lá vamos nós. — Ele me ajuda a levantar e me coloca de pé. Pegando apenas uma toalha para mim, alheio ao fato de que suas próprias roupas agora estão ensopadas, ele deixa o olhar percorrer vagarosamente meu corpo nu e molhado, e depois balança a cabeça como se saísse de um transe. Sua voz está rouca quando ele diz: — Peguei aquele short que você gosta de usar para dormir também. — Ele aponta para a bancada enquanto me seca, de forma bem meticulosa, devo acrescentar, sem deixar qualquer lugar intocado.

— Mas eu prometi...

— Shhh... — Ele me beija para me calar. — Você não prometeu nada. Você disse que veríamos o que acontece. Eu vi. Você dormiu na banheira. Está na hora de ir para a cama, linda.

Outra coisa que "eles dizem", e é a mais pura verdade: você não percebe uma coisa boa até que a perde.

Mas quando isso, ou algo tão maravilhoso quanto, retorna... é realmente esclarecedor!

Fico parada ali, como uma boneca de pano sonolenta enquanto Zach cuida de mim. Secando meu corpo, me ajudando a colocar o pijama, até mesmo passando uma escova no meu cabelo úmido. Escovamos nossos dentes lado a lado, depois ele me pega no colo mais uma vez.

— Lá vamos nós. — Ele sorri, beijando a ponta do meu nariz e me levando para a cama.

Ele tira suas roupas molhadas, voltando a usar apenas a cueca boxer azul e se deita ao meu lado, me puxando para perto e nos cobrindo. Passo um braço por sua barriga e apoio a cabeça na curva de seu pescoço.

— Você ajustou o alarme? — pergunto.

— Para quê?

— Nós voltamos para casa amanhã. Precisamos acordar cedo para fazer as malas e tal. — Suspiro, suavemente, um pouco triste por ter acabado. — É engraçado, parece que estamos aqui há uma eternidade, esperando pelo casamento. Mas no minuto em que acaba, estamos indo embora o mais rápido possível. Agora que estou oficialmente exausta, o trabalho todo está feito e eu preciso de umas férias... as férias acabaram.

— Não precisa acabar — ele diz, sem rodeios, apoiando o queixo no topo da minha cabeça.

— Como assim?

— Vamos ficar por um tempo, só eu e você, a sós.

E ele está certo, nós ficaríamos mesmo a sós. Sky e Judd nem vão passar a lua de mel aqui. Quero dizer, por que eles passariam a lua de mel na Jamaica, certo? Não... eles vão sair direto dessa ilha paradisíaca para, espere um minuto, Montana. Viu? Casados há cinco minutos e eles já estão fazendo concessões. Ela escolheu o casamento na praia, ele escolheu a lua de mel em meio à natureza selvagem.

— E quanto ao trabalho, as coisas em casa? — pergunto.

O corpo dele treme com uma risada suave.

— Ben, a academia vai funcionar sem você por um tempo, é por isso que você paga um gerente. E não dou aula ou treino quando a escola não está funcionando. E acho que você vai ter que me dizer de que "coisas" em casa está falando, porque, até onde me lembro, nenhum de nós tem um animal de estimação.

Ai, meu Deus, ele tem razão. Não temos absolutamente nada nos impedindo. De repente, não sinto tanta pena de mim por ser velha, ou por não ter filhos pequenos.

Nós poderíamos andar pela praia, passar protetor nos nossos corpos, fazer amor na areia ao entardecer, pedir o serviço de quarto e degustar da comida em nossos corpos. Pendurar a placa "Não Perturbe" e dormir tarde...

E assim que vislumbrei tudo e estava animada em concordar com ficarmos... o monstro feio do ciúmes mostra suas garras.

— Ou nós poderíamos ir para outro lugar — começo, com uma cadência casual, mas concluo com um grunhido malicioso: —, onde Tia não trabalha.

— Onde você quiser, amor. — Ele ri. — É só dizer. E quem é Tia?

— Quem é Tia... que engraçadinho — resmungo, cutucando suas costelas. — Mas é sério, você quer mesmo só escolher um lugar e ir, simples assim?

— Quero mesmo. Olhe para mim, Ben. — Levanto a cabeça. Ele está sorrindo para mim, a alegria despreocupada em seus olhos quase se tornando sufocante. — Eu te amo, Bennett. Estive tão apaixonado por você há tempo demais para me lembrar e estarei apaixonado por você todos os dias pelo resto da minha vida. Se você me pedir, vou te seguir para qualquer lugar. E se me pedir para guiar o caminho, farei isso também, amor. É só dizer. Ah, e fale que me ama também. — Ele dá um sorrisinho.

Rastejo sobre ele e me deito sobre seu corpo, grudando a orelha diretamente acima de coração retumbante.

— Eu também te amo, Zach. Me desculpe por demorar tanto para dizer. Para perceber. Obrigada por esperar.

Ele acaricia as minhas costas.

— A espera valeu totalmente a pena.

— Mentiroso. — Dou uma risada. — Foi uma tortura e você sabe disso. Para mim também. Quando eu puder acompanhar essas maratonas de sexo que está planejando, aí, sim, você pode dizer que valeu totalmente a pena.

— É muito mais do que isso, Ben. Mas disso você já sabe.

Eu sei, mas assim como o meu corpo, minha abertura para declarações profundas de sentimentos levará algum tempo para se desenvolver.

— Então — mudo de assunto depressa —, para onde deveríamos ir? Você manda.

— Bem... — Ele fica em silêncio por um instante, presumo que para pensar. — Eu tenho uma ideia, mas você vai achar que estou sendo brega.

— Os caras sempre pensam que "meigo" significa "brega". Não significa. Meigo é bom, e raro demais. Vamos ouvir.

— Eu me lembro dessa jovem garota — ele envolve os braços ao meu redor e sussurra contra meu cabelo onde seus lábios descansam: — que estava tão animada quando conseguiu o papel principal de *Uma Rua Chamada Pecado*.

Meus olhos se enchem de lágrimas e meu coração acelera de empolgação. Ele se lembra.

— Ela ensaiou e ensaiou, e falou sobre isso sem parar. Ela teria impressionado o público, mas nunca teve a chance de subir no palco porque, como eu logo ficaria sabendo ao longo do tempo, ela sempre coloca os outros antes de si. Você sabe qual cidade é retratada naquele clássico?

Dou uma risada zombeteira.

— É claro que eu sei. Você sabe?

— Sei. Já foi lá?

— Não — balbucio, emocionada demais para falar com clareza.

— Vamos para Nova Orleans então, amor.

Avanço em sua direção e beijo seus lábios, tirando seu fôlego, porque ele acabou de tirar o meu.

De repente, animada demais e profundamente comovida para dormir, tiro meu short, abaixo o dele e subo em cima de seu corpo, erguendo meus quadris e guiando-o para dentro de mim. Enquanto me encaixo em seu comprimento duro, sem a menor pressa, absorvendo a sensação de cada centímetro, digo a ele em uma voz ofegante e carregada de desejo:

— Nunca pare de ser meigo.

EPÍLOGO

Laney Jo Kendrick

 Quando o DJ anuncia que essa será a última música da noite, uma combinação bizarra de sentimentos me percorre e eu congelo. Por um lado, estou aliviada que tenha acabado e que minha filha teve o casamento de seus sonhos. Mas por outro lado, não consigo evitar a sensação do vazio imediato, o súbito lugar vago no ninho alastrando um frio na minha barriga; Skylar está casada.
 Um milhão de pensamentos dispersos, agradecimentos e lembranças lampejam pela minha mente e, por fim, fazem sentido, se misturando em uma única grande imagem: *felicidade*.
 Contente, trago-me de volta ao presente e meus olhos buscam na mesma hora por Dane. Ele já está olhando para mim, como costumo encontrá-lo com frequência, e minha serenidade se fortalece. Ele dá uma piscadinha e move a boca "está tudo bem, amor", e depois começa a dançar com a minha mãe.
 Meu pai, ou "Vôvis", puxa sua Brynny para finalizar a noite dançando com a neta caçula.
 Avisto JT, meu único menino e um total filhinho da mamãe, dançando com Macie, e sorrio, feliz por estarem onde posso vê-los e não em algum lugar fazendo coisas das quais não quero saber.
 E então... me encontro procurando a única pessoa com quem eu realmente deveria compartilhar essa música, *"Same Old Lang Syne"*, de Dan Fogelberg. Deus, que música boa.
 É como se o destino tivesse planejado, porque assim que meus olhos o encontram, ele já está andando na minha direção.

— Posso ter essa dança, Laney Jo? — Evan pergunta, seus brilhantes olhos azuis ostentando um pequeno temor, como se ele pensasse por um segundo que eu poderia dizer não.

— Com todo o prazer. — Sorrio e vou para seus braços.

Tento não pensar nas palavras da música, desoladoras e apropriadas, ou sei que vou começar a chorar. Não necessariamente lágrimas de tristeza, apenas aquelas que trazem lembranças; onde nós começamos e todo o amor, a mágoa, dificuldades iniciais e aprendizados pelos quais precisamos passar para chegar ao lugar em que estamos agora. Dançando como dois velhos amigos.

Ele deve ler a minha mente, ou a minha expressão.

— Eu sei. — Ele dá um sorriso, aquele mesmo sorriso juvenil cheio de charme tão característico, e se inclina para beijar minha bochecha. — Eu sei.

Arrisco olhar para Dane e, para o meu total choque, ele sorri para mim e assente... em compreensão.

Concentro-me de novo em Evan.

— Quem imaginaria? Minha filha e o seu filho. — Balanço a cabeça. — Engraçado como as coisas funcionam, não é?

— Não posso dizer que o mesmo pensamento não passou pela minha cabeça uma ou duas vezes. — Ele ri, de novo, a mesma risada que me encantou desde o dia em que apareceu na minha viagem de pesca. — E por um longo tempo eu me senti culpado, porque, de vez em quando, me pego pensando... onde nós erramos. — Ele me gira, e sei que é para ganhar tempo e injetar um pouco de coragem em sua voz. — E então vejo a forma como você olha para Dane; exatamente como olho para Whitley, e começo a pensar no que deu certo. Pelo que sei, era isso o que estava faltando, aqueles dois. Porque quando você e eu acrescentamos um pouco de Dane e Whitley, olhe o que ganhamos: Skylar e Judd. E isso... é perfeito.

Engulo meu soluço, mas não consigo impedir a lágrima que escorre. Ele a pega com seu polegar.

— Não chore, *Laneybug*. Tudo aconteceu exatamente como deveria acontecer. E agora, posso ver você e a Whit brigando por causa de netos. — Essa risada é verdadeira, e me junto a ele. — Beisebol júnior ou concursos de beleza infantil. Deve ser interessante.

— É. — Suspiro, observando minha linda filha Sky dançando com seu novo marido, Judd, o jovem perfeito que me lembra tanto seu pai incrível. — Olhe para eles. — Gesticulo com o queixo na direção dos dois.

— Eles são muito perfeitos. Caramba, olhe para todos nós — falo, encontrando o olhar de Evan mais uma vez. — Eu diria que nós nos saímos muito bem, *Tod*.
— Com certeza, *Copper*. Com certeza.

FIM

SOBRE A AUTORA

S.E. Hall é uma autora de best-seller do NY Times & USA Today, e escreveu a Série Envolver, Série Full Circle, um spin-off da Série Envolver, que inclui *Embody*, *Elusive* e *Exclusive*, além de outros romances contemporâneos independentes.

Quando não está assistindo sua garotinha arrasar no campo de *softball*, lançando um passe rápido no monte, ou qualquer que seja o documentário de assassinatos reais, S.E. Hall pode ser encontrada... em sua garagem. Ela também gosta de ler, escrever e resolver crimes a partir do conforto de sua poltrona na frente da TV.

S.E., ou Stephanie Elaine, reside no Arkansas com seu marido há 23 anos, e juntos, eles têm quatro filhas maravilhosas de 28, 23, 17 e 16 anos, e três lindos netos.

E por último, mas longe de ser o menos importante, estão os preciosos cachorrinhos da S.E.: Piper Gene Trouble Machine e Honey, que iluminam o mundo dela!

AGRADECIMENTOS

Primeiro e acima de tudo, quero agradecer aos que suportaram tudo comigo, as partes boas e ruins, sem falhar: meu marido maravilhoso, Jeff. Se eu não o tivesse ao meu lado, eu, literalmente, me deitaria e desistiria de tudo; minhas filhas pacientes e compreensivas, que me apoiam ao me aceitarem como sou; e minha família. Sou tão grata por vocês e os amo mais do que qualquer coisa no mundo inteiro.

Angela Graham, minha melhor amiga e leitora crítica, eu não conseguiria sem você, garota. Cada obstáculo que nós SEMPRE saltamos só faz nossas bundas e nossas coxas ficarem mais bonitas! Então, um brinde à "nossa" força. Desde o primeiro dia até o último, você e eu. Eu e você. Eu te amo muito.

Jill Sava, você é tão incrível, uma verdadeira inspiração! Obrigada por saber quando apenas ignorar quando eu falava para fazer de um jeito, mas você fazia da maneira correta. Obrigada por ser tão sensata e focada nas coisas que importam. Eu estaria perdida sem você, e eu te amo!

Minhas betas maravilhosas: Jill Sava, Ashley Jasper, Linda Cotter, Amber Warne, Alison Evans-Maxwell, Kara Hildebrand, e Angela Doughty, muito obrigada por amarem a Galera e por me ajudarem a fazer de "Suportar" o melhor que poderia ser! Sou muito grata a todas vocês!

Elite, vocês são o melhor grupo de mulheres que já conheci de uma vez em um lugar, e essa merda não costuma funcionar, lol... mulheres demais em um grupo? Não, simplesmente não. Mas vocês, bem, vocês são ELITE. Amáveis, compreensivas, gentis, carinhosas e cheias de verdadeiro caráter. Eu adoro e agradeço cada uma de vocês!

Galera, VOCÊS ARRASAM!!!! Obrigada por toda a diversão, amor e apoio!!! Sou tão sortuda por ter vocês!

Hilary Storm, porque é verdadeiro demais; você, eu, você e eu. Sou abençoada pela nossa amizade, e obrigada por isso!

Erin Noelle, para sempre e sempre, Smoops. Te amo. *xoxox*

Jessica Prince, obrigada pela assistência, querida! OBRIGADA por aquela ideia!!!

Monique Hite – pensei em escrever tudo o que você significa para mim, e então percebi... Só tenho que dizer uma coisa e ela vai entender exatamente o que essas poucas palavras dizem para ela, a agradecem. ROD, Moe. ROD.

Sommer Stein, como sempre, irmã... você me surpreende, me apoia, e facilita tanto! Sou tão grata por você e pela sua mágica! Xo

Shelby Leah, sua linda, muito obrigada pela minha capa maravilhosa!!! Te amo! *xoxo*

Brenda Wright – eu poderia encher MAIS o seu saco? Mas espero que você ainda me ame, porque eu, com certeza, te amo pra caramba!

Kay Springsteen, muito obrigada pela sua simpatia, seu olho para os detalhes e a disposição para aguentar meu lado desorganizado e apavorado! Eu agradeço! *xoxo*

Tabby Coots, Kimberly Reynolds e Rachelle Jones, por seus dedos rápidos e disposição para sempre me ajudarem! Sem vocês três, meus livros seriam escritos de caneta no papel e nunca digitados. Não posso dizer o quanto agradeço a ajuda de vocês! *XOXO*

E para todos os leitores e blogueiros que apoiam a mim e aos meus livros, tornando possível que eu faça o que mais amo como profissão, minha gratidão infinita e imperdível e um imenso obrigada! Vocês todos são incríveis!

Se me esqueci de você, não apenas sinto muito, mas sinta-se livre para vir chutar meu traseiro, tenho certeza de que mereço mesmo!

A The Gift Box é uma editora brasileira, com publicações de autores nacionais e estrangeiros, que surgiu no mercado em janeiro de 2018. Nossos livros estão sempre entre os mais vendidos da Amazon e já receberam diversos destaques em blogs literários e na própria Amazon.

Somos uma empresa jovem, cheia de energia e paixão pela literatura de romance e queremos incentivar cada vez mais a leitura e o crescimento de nossos autores e parceiros.

Acompanhe a The Gift Box nas redes sociais para ficar por dentro de todas as novidades.

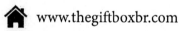 www.thegiftboxbr.com

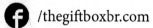 /thegiftboxbr.com

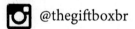 @thegiftboxbr

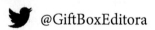 @GiftBoxEditora